LA MALVOISINE

DU MÊME AUTEUR
CHEZ POCKET

LES SAISONS DE VENDÉE
LES PÊCHES DE VIGNES

YVES VIOLLIER

LA MALVOISINE

ROBERT LAFFONT

Sous le titre *Retour à Malvoisine,* ce roman a été publié pour la première fois en 1979 aux Éditions universitaires. L'édition que voici, considérée comme définitive, constitue une toute nouvelle version.

© Éditions Robert Laffont, S.A., Paris, 1997

ISBN 2-266-08246-9

À Ernest Fournier,
à Antoine Epaud.

Eh oui ! Plus j'avance dans la vie, plus je suis convaincu que l'essentiel se situe du côté du cœur, et je suis né parmi des gens qui avaient surtout un cœur et des mains.

Bernard Clavel

1

Brouti

Les gendarmes organisèrent une battue pour
rattraper le meurtrier. L'homme n'était pas dangereux, puisqu'il avait jeté son arme avant de se
sauver. D'ailleurs, le nœud de colère qui l'étran-
glait depuis le départ de sa fille s'était délié brutalement quand il avait déchargé son fusil sur eux.

Il avait couru longtemps, droit devant lui, sans
savoir où il allait. Quand il s'était arrêté, il avait
eu froid : il n'avait sur le dos qu'une chemise à la
fin du mois de mars. Il vit un trou entre les
pierres, à flanc de coteau. Il s'y glissa à reculons.
Ç'avait été le terrier d'un renard.

Les chiens eurent tôt fait de le débusquer.

L'homme, en les entendant, s'enfonça jusqu'au fond du trou. Deux gendarmes le tirèrent
par les bras pour le sortir.

Sa chemise était déchirée. De la terre grasse
enduisait son corps nu. Il était glacé jusqu'à la
moelle, aveugle à tout ce qu'il vivait. On n'est pas
exhibitionniste chez nous. Il ne se rendait pas
compte de l'état dans lequel il était.

Un gendarme lui posa sa capote sur les
épaules, le tira par les menottes :

— Viens, mon vieux.

Les jambes de l'homme se mirent en marche, mais il ne sortit pas de son hébétude.

Il ne s'éveilla pas non plus à son procès. Sa femme le prit dans ses bras avant l'audience. Il se laissa faire comme un enfant. On n'était pas sûr qu'il l'ait reconnue.

Tout se passa comme sans lui.

Quand le président l'interpella :

— François Brouti, levez-vous !

Il obéit sans discuter.

— Pourquoi avez-vous tué votre fille et son amant à la ferme de Malvoisine ?

Un éclair fendit sa pupille noire :

— Fallait que je le...

— Plus fort !

Il redressa la tête, promena sur l'assistance un regard myope de bœuf parthenais :

— Fallait que je le tue, il était pris par la male bête.

— Qu'est-ce que c'est que cet animal ?

— Il était pris par la male bête.

— Et votre fille ?

Brouti serra les poings.

— Elle avait été contaminée.

Le jury se montra clément, tenant compte des événements dramatiques de la Malvoisine, qui avaient troublé d'autres esprits que le sien. L'assassin n'écopa que de dix ans.

L'auditoire fut soulagé : l'avocat général avait demandé sa tête. Les témoins étaient montés nombreux pour témoigner en faveur de Brouti. C'était normal, personne n'avait rien à lui reprocher avant cette nuit fatale. Même les Parpaillou avaient parlé pour sa défense.

La Malvoisine était-elle ensorcelée ? Y avait-il une male bête ? En tout cas on conduisit le curé sur les ruines, et il ouvrit son livre pour réciter les prières d'exorcisme. Il arrosa copieusement le feu mort d'eau bénite.

2

Eugène

C'est un après-midi que tout s'est mis en route.

Ces histoires-là vous tombent dessus au moment
où vous ne vous y attendez pas. Tout semble aller
pour le mieux, les enfants jouent, les blés mûris-
sent, les bêtes engraissent dans leur pré, entre
vos lèvres une chanson n'en finit pas de vous
caresser le tendre de la bouche. Vous regardez
votre tâche, l'air d'un qui sait par quel bout la
prendre, et c'est justement au moment où vous
vous penchez pour l'empoigner que ça vous
écrase.

Ça vous plie, vous étouffe. Vous n'avez guère
de chances de vous relever.

Exactement ce qui s'est passé à la Malvoisine,
cet après-midi-là.

Tout paraissait en place pour un observateur
capable de résister à l'aveuglement du soleil. Il
était deux heures et demie. La Malvoisine dormait. Pas dans son lit : le lit, c'est bon pour la
nuit, ou les malades.

À cette heure-là, Eugène, qui arrivait à la tren-
taine, et sa femme Églantine s'étaient allongés

sur des sacs de phosphate au grenier. Lui la tête appuyée sur son veston plié en quatre, elle sur son tablier. Ils dormaient tous les deux. Eugène ronflait. Son râle long et sonore se déroulait dans sa poitrine et remplissait toute la maison.

Le pépé occupait sa place au coin de la cheminée, sur la salière. Il caressait son chat en rond sur ses genoux, entre deux sommes. Un peu de jus de sa chique coulait au bord de ses lèvres. Il le suçait en revenant à lui.

La tante s'était couchée, bras croisés, sur la table. Une épingle de son chignon lui glissait dans le cou.

Petit Maurice et son oncle Armand nichaient dans le foin de la grange. Ils avaient lutté un moment pour jouer. Maurice avait tâté pour la centième fois l'acier des biceps que son oncle gonflait. Il admirait la force d'Armand. Il se prenait pour un géant quand l'oncle s'avouait vaincu, les épaules collées au foin, feignant de lutter pour se libérer.

Puis Armand avait dit :

— Laisse... Arrête, je veux dormir.

Petit Maurice avait essayé de continuer, et s'était lassé parce que son oncle ne réagissait plus. Mais il ne dormait pas : il regardait les tuiles plates du toit qui filtraient par endroits une lumière rose, il les écoutait se dilater.

Tout à l'heure, quand Armand se lèverait, petit Maurice serait à peine endormi. Il aurait toutes les peines du monde à s'éveiller, s'il voulait le suivre.

Enfin, Arsène, le grand valet, était tombé au pied du pailler. Il s'était couvert la figure avec sa casquette pour se garder des mouches. Elles piquaient ses bras et ses pieds nus. Elles lui marchaient dans le cou.

Seules quelques poules se risquaient à l'aplomb du soleil, grattant la terre qui avait avalé ses vers depuis les premiers jours de la sécheresse.

Eugène s'éveilla le premier. Il reconnut les odeurs de vieux grain piqué de crottes de souris. Il soupira pour chasser les derniers relents du sommeil, s'assit.

Au bruit qu'il fit, Églantine ouvrit les yeux. Il se tourna vers elle :

— Tu peux dormir encore. Je m'en vais charger la charrette.

Il posa la main sur le ventre plat de sa femme, le temps d'une furtive caresse, se redressa en bâillant.

Ses savates de feutre chuchotèrent sur le plancher. Les marches de l'escalier gémirent. Ce bruit suffit pour rappeler le monde à la vie, et retourner les gens du côté de l'ouvrage.

La tante se frottait les paupières. Elle fut aveuglée par la lumière quand il ouvrit la porte. Il faisait un soleil à griller une tartine.

Eugène sortit la charrette de dessous la loge de genêts, et la tira devant la boulangerie. Il la posa à plat sur la béquille de la servante, et la balaya de près.

Puis il chargea le sucre, le café, l'huile, une boîte de bouillon Kub, des bâtons de vanille, des morceaux de savon. Il cherchait les meilleures places pour arrimer son chargement et ne rien brinquebaler au cours de ses déplacements. Il y avait encore un bidon à pétrole, un échafaudage de boîtes de coton à repriser et de fil à coudre, un carton de couteaux à six lames Pradel.

Il passait la main sur sa marchandise, comme il l'avait fait sur le ventre d'Églantine, vérifiant si tout y était. Il rentrait et ressortait avec de nouvelles marchandises. Quand la charrette eut son compte, il la recouvrit d'une bâche pour la protéger des brûlures du soleil.

Il retourna à l'intérieur, piocha un pot d'eau dans le seau sous la table et le vida d'un trait, à longues lampées bruyantes. Sa pomme d'Adam montait et descendait jusqu'au ras de son gilet de flanelle. La tante lui tendit une gourde, il s'en empara en disant :

— Bon. Eh bien, à ce soir !

Églantine apparaissait dans la porte de l'escalier. Ce fut elle qui lui répondit.

Voilà. Tout était en place pour le grand chamboule-tout. Pourtant, si quelqu'un avait mis Eugène en garde au moment où il passait le seuil de sa maison, il aurait haussé ses larges épaules et n'en aurait pas moins allongé la jambe vers sa charrette.

Le grand valet s'en revenait, les gestes amollis par le sommeil. La casquette de travers.

Eugène décrocha la servante, s'enfila entre les brancards, empoigna la barre de devant. Un bourrelet de muscles lui gonfla les épaules. La charrette s'arracha.

Qu'importe, puisque ça devait se passer ainsi. De toute façon, il n'était pas le maître.

D'habitude il faisait sa tournée en char à bancs et Coquette tirait l'équipage en remuant ses grosses cuisses rouges. Mais cet après-midi-là Armand déchaussait la vigne avec la jument. Eugène avait donc pris la charrette à bras. Ce n'était pas une affaire, puisque sa tournée ne le conduisait qu'aux Rialères, à deux kilomètres, et le ramenait après un long détour par le village de la Pommeraie.

Eugène était taillé pour rouler son épicerie derrière lui sans effort. Et puis il aimait ça, piéter sur les terres à travers le bocage. Il s'enfonçait dans les chemins creusés par les roues des tombereaux, entre les deux bourrelets des talus plantés de têtards. L'été, on y était à l'ombre. Le frais s'y nichait sous les feuilles. L'hiver, l'eau y courait. Les charretées s'y enfonçaient jusqu'au bouton.

Il connaissait le gras des belles terres, les méchants chirons de granit affleurant à la surface, les mauvaises landes et les fonds pourris d'ajoncs. Il se rappelait ceux qui les ensemençaient : Anatole, et son pas chaloupé, celui-là ne soignait pas particulièrement son ouvrage ; Paulo, petit bonhomme increvable, qui se battait tous les ans pour avoir le plus beau blé du pays. Le Paulo était fier de ses épis lourds qui tintaient comme des grelots dans leur gousse. Il avouait sans honte qu'il souffrait de les descendre de leur tige, à la moisson, et de les battre pour les enfermer dans des sacs.

Eugène voulut s'arrêter pour entrer dans le champ du Paulo et soupeser quelques épis au beau luisant de vieux cuivre. Mais ça montait dur. Il avait peur de perdre l'avantage de son élan. Le bocage n'est pas la montagne : il monte et descend gentiment. N'empêche, à cette heure, et avec ce chargement, Eugène transpirait. Depuis longtemps la fraîcheur versée sur sa flanelle avec le pot à eau s'était évaporée. Il sentait du sel lui sortir des pores et lui gerçurer la peau.

Il fit une courte pause en haut de la côte entre les brancards, déboucha sa gourde, et s'abreuva de quelques gorgées. Il s'essuya la figure avec son mouchoir, large comme une serviette de table. Il avait le nez long et bosselé, et cet organe intarissable donnait comme le canon d'une fontaine. Il devait sans cesse le moucher. Il en était de même pour ses paupières, toujours pleines, toujours débordantes à la moindre émotion. Il en souffrait comme d'une incontinence. Ses amis se moquaient.

— L'Eugène, disaient-ils, il pleure comme une femme !

En bas, il trouva les Rialères. Il sortit sa trompette et y postillonna tout ce qui lui restait de salive. Les femmes sortirent de leurs trous d'ombre et se rassemblèrent autour de sa charrette. Il se tenait sous le noyer, à la fourche du chemin qui s'ouvre en deux pour faire le tour du village. Un beau village de huit fermes, qu'il mettrait une bonne heure à contenter.

On lui demanda d'abord ce qu'il avait fait de Coquette.

— Elle est en repos aujourd'hui.

Et on passa au sucre. Au café qui augmentait. À la chicorée plus amère depuis qu'il avait changé de marque.

À cette heure-là, il n'avait affaire qu'aux femmes. Les hommes étaient égrenés dans les champs et ne reviendraient qu'au moment de rentrer les bêtes.

On lui avait répété souvent

— Tu passes quand les pigeonniers sont libres.
T'as le moyen de roucouler sur les perchoirs !

Il ne s'en privait pas. Il aimait être le seul coq
de la basse-cour. Les femmes étaient attirées par
ses yeux mouillés. Elles étaient curieuses de cette
rare sensibilité. Il ne poussait pas plus loin son
avantage. Il avait Églantine. Il n'était pas tenté de
se planter ailleurs. Il acceptait parfois de prendre
un café, suivi d'un coup de blanche, pour laver la
tasse.

Il sortait donc de chez Florentine, quand il
découvrit les nuages pour la première fois au
bout du ciel.

Il s'arrêta. Ses longs sourcils noirs se rejoigni-
rent. Il sortit son mouchoir pour s'essuyer le
bord des paupières. La vieille regarda du côté où
il se tournait. Elle hocha la tête :

— Oui, mon gars. Ça pourrait bien nous ver-
ser sur la tête avant ce soir. Je m'en doutais.
J'avais un mal à ma jambe droite, ce matin, en
me levant !

Eugène se hâta vers son charroi. Il entra dans
les brancards, et décolla sa charrette comme si
elle avait été chargée de plume. De l'ombre dansait dans ses yeux à présent. Il s'était cru parti
pour une promenade, et ça risquait de devenir
une course.

Il haletait, tous les muscles bandés. Il ne sentait
plus le brûlant du soleil sur ses épaules. Il gro-
gnait, brouettant sur le chemin avec une énergie
sauvage. Quand il arriva à la Pommeraie, il était
en nage.

Il ne prit pas le temps de bavarder avec ses
clientes. Il leur déposa la marchandise dans les

bras et repartit. Parce que l'orage montait aussi vite qu'un courant d'air.

Elles avaient essayé de le retenir, lui avaient proposé de se mettre à l'abri le temps que ça passe. Il leur avait répondu qu'en s'activant il devrait être rentré avant les premières gouttes.

— Vous allez attraper la mort !

Il avait haussé les épaules.

On entendait déjà ronfler, au loin, les bordées de nuages.

Les têtes noires se chevauchaient, se dépassaient, à qui serait la locomotive du cortège. Ces bêtes d'apocalypse, au ventre bombé, suintaient une encre charbonnée. Elles avaient déjà apporté la nuit et ses frissons sur la moitié de la terre.

Et lui, en bas, se ruait vers elles !

Il ne tremblait pas. Il pensait à son chargement qui serait enfondu s'il se promenait sous l'averse. Il courait tête basse, insensible aux premières fessées du vent qui troussait les chênes. Les soufflets de sa poitrine se plaignaient. D'un revers de manche, il essuyait l'eau salée qui lui descendait dans les yeux.

Soudain, il n'y eut plus de soleil. Eugène, fouetté, bondit de plus belle. Sa charrette sauta sur les pierres.

Un rien, dix minutes de plus, et il aurait gagné. Il apercevait les toits roses de la Malvoisine au sommet de la butte, entre les branches. Mais il fallait monter la côte.

Il y eut une claque de vent à emporter la tête des arbres. Un éclair jaune cisailla l'acier de l'air. La bombe du tonnerre éclata aussitôt. Et une première goutte grasse s'écrasa sur le front d'Eugène.

Il n'avait pas fait trois pas que la pluie tombait à seaux. Des tomberées d'eau se déversèrent sur lui. Des vrillées d'éclairs emplirent le ciel de leur feu d'artifice.

Il continua, tirant son faix. L'eau lui giclait sur la figure, l'asphyxiait. Elle lui courait dans les souliers.

Un éclair, tout proche, le secoua, comme s'il l'avait touché. Il crut hurler. L'eau lui mit de l'ouate dans la voix.

Il montait. La bourrasque le déportait. Des boules douloureuses couraient le long de ses muscles. Il jurait pour s'encourager à tenir la barre et continuer de monter.

Quand il entra dans la cour de la Malvoisine, il n'était plus qu'une bête de somme désaccordée. Ses jambes tournaient de côté. La charrette hoquetait dans son dos, de droite et de gauche. Il eut encore la force de reculer sous la loge, et il s'arrêta.

Il n'avait plus d'yeux. Il n'y voyait plus. Seulement les pendeloques de la pluie qui gouttait du toit de genêts, creusant une rigole dans la terre. Derrière, il y avait un grand rideau noir.

Il ne trouvait pas le courage de se pencher sous sa charrette pour la poser sur la servante. Il restait attelé, les doigts noués à sa barre, qu'il n'arrivait pas à défaire.

Elles lui avaient dit : « Tu vas chercher la mort ! » Il ne les avait pas crues. Il se sentait bâti pour durer cent ans. On ne doit jamais trop tirer sur la corde.

Il voulait se secouer, mais ne bougeait pas même le petit doigt.

Il sentit un grand frisson glacé lui parcourir le corps. Il eut froid. Le rideau noir, qui dansait sous la pluie derrière les gouttières, l'enveloppa tout entier, et il tomba.

La charrette aussi, versant le bazar d'épicerie baignant dans son jus comme du pain dans la soupe.

Églantine accourut, son tablier sur la tête pour se protéger de l'orage. Elle se pencha sur lui. Elle le secoua, découvrit qu'il ne la voyait pas, qu'il ne l'entendait pas. Elle eut peur.

Elle n'était pourtant pas femme à tourner de l'œil pour une pointe de faucille dans un mollet, ou un méchant coup de patte de vache. Elle brassait le sang du cochon à pleines mains, sous le couteau du boucher, pour l'empêcher de tourner.

Mais là, le corps d'Eugène abandonné comme un poids mort. Elle appela :

— Tante Louise ! Venez m'aider !

La tante ne pouvait pas l'entendre. Églantine repartit sous l'orage, sans se couvrir de son tablier laissé par terre, à côté d'Eugène.

Il revint à lui. Mais il était incapable de se relever. Il aurait été étendu dans la neige, par un froid à casser les pierres, il n'aurait pas davantage claqué des dents.

Elles le soulevèrent, chacune de leur côté, et le traînèrent jusqu'à la porte de la maison, que le pépé tenait ouverte. Elles le posèrent sur le lit, sans même prendre soin de ranger l'édredon, et il commença de s'égoutter.

Aller chercher le médecin par un temps pareil n'était pas possible. Ils attendirent l'orage à passer, et Armand à rentrer de la vigne. Lui avait pu s'abriter dans la cabane aux outils. Il prit son vélo et se rendit à la Poirière.

Eugène claquait des dents, par crises. Il se calmait. On croyait que c'était fini. Ça le reprenait soudain, et rien ne semblait pouvoir l'arrêter. Églantine se penchait sur lui :

— T'as encore froid ?

Il ne répondait pas. Il n'avait pas dit un mot depuis qu'elles l'avaient transporté. Il n'avait pas poussé un soupir, pas un cri. Églantine lui avait frotté tout le corps à l'eau-de-vie pour le réchauffer. Elle lui en avait versé sur la langue quelques gouttes qui s'étaient répandues sur l'oreiller.

— Dis, Eugène, t'as encore froid ?

Il ne répondait que par cet infernal grignotement de souris, à la rendre folle.

Il commença de se réchauffer. Églantine le constata avec sa main.

Sa joie fut de courte durée. Car il ne s'agissait pas d'une température normale. La fièvre montait en même temps que le froid s'en allait. Les joues d'Eugène, sa poitrine devenaient du feu. Églantine en suivait les progrès chaque fois qu'elle le touchait.

Quand le médecin arriva, Eugène ne tremblait plus. Le thermomètre indiquait quarante et cinq dixièmes.

Avant d'entrer dans la maison, le docteur Sicaut savait déjà à quelle maladie il aurait affaire : depuis trente ans qu'il ouvrait sa sacoche dans les salles de ferme, il en avait vu d'autres comme Eugène. Il connaissait ces symptômes du sang qui tourne au bleu et semble cailler dans les veines. Tant d'hommes et tant de femmes avaient été terrassés par un chaud et froid.

Sicaut avait toujours été vaincu par ces deux compères-là. En 27, ils étaient encore imbattables. Il savait que, sauf miracle, tout était perdu.

Il ausculta Eugène, malgré tout, pour ne pas mettre tout de suite la famille dans la catastrophe. Il donna les conseils d'hygiène les plus élémentaires.

Les draps d'Eugène étaient mouillés de sueur, sa tête traçait une auréole sur l'oreiller :

— Vous changerez son linge autant de fois qu'il le faudra. Mettez-lui des ventouses, ça devrait aider à tirer le mal.

— Vous croyez ?

Églantine avait tout de suite emboîté le pas de ces paroles d'espérance, et ses yeux verts s'étaient remis à luire. Sicaut releva un regard courroucé sous son large front rouge cassé comme un vieux cuir. Il allait grogner comme un animal furieux. Il fut désarmé par la tendresse du regard d'Églantine. Il se pencha sur sa sacoche en rangeant ses appareils :

— Oui.

Et comme pour faire oublier sa réponse :

— Mais vous feriez bien de vous changer, vous aussi, si vous ne voulez pas être malade comme lui : vos vêtements sont pleins d'eau.

Elle haussa les épaules, l'air de dire : moi, ça n'a pas d'importance.

Il nota quelques gouttes à prendre chez le

pharmacien, dont il savait qu'elles n'auraient aucun effet. Mais à quoi servirait un médecin s'il ne prescrivait pas des médicaments ? Il salua.

— Je reviendrai demain.

Il franchit le seuil, et revint sur ses pas.

— Attention, vous ! dit-il à Églantine. Je ne veux pas vous voir coucher avec votre mari tant que je ne vous en aurai pas donné l'autorisation !

Dehors, le jour basculait doucettement vers la nuit. Le ciel faisait des chattemites : il baissait les yeux et joignait les mains dans une robe d'enfant de Marie, après avoir embouché toutes les trompettes de la débauche.

La terre fumait dans les fonds, encore pleine des débordements de l'orage. Le lendemain, avec le soleil, il n'y paraîtrait plus, qu'un peu d'herbe pilée par ces sauteries de bêtes folles.

On dut passer sous Eugène un nombre de draps considérable. La grande armoire en cerisier — ils l'appelaient la presse — en était heureusement remplie. Des draps de lin inusables, du trousseau d'Armantine, la défunte femme du pépé, de la tante Louise et d'Églantine.

On n'avait pas fini de border Eugène qu'il fallait recommencer. Il s'en allait tout en eau.

Il fondait à la chaleur de la fièvre. Le thermomètre baissa un matin, à trente-huit deux. Le soir, il avoisinait les quarante. Comment garder un semblant d'espoir ?

Les ventouses, à la longue, le brûlaient. La peau du dos lui faisait mal. On cessa de les lui mettre. D'ailleurs elles ne tiraient rien, qu'un peu plus d'eau dans leurs verres.

Il recommença de parler, le premier soir quand il vit son Églantine se déshabiller à l'autre coin de la cuisine, pour se coucher dans le lit de la tante. Il parla d'une voix brisée, pleine de chevrotements de vieux :

— Églantine, tu ne couches pas avec moi ?

Il n'aurait pas été seul dans son coin, Églantine n'aurait pas cru qu'il s'agissait de la voix d'Eugène. Que lui répondre ? C'était la première fois depuis leurs noces qu'elle manquait au lit de son homme.

Elle quittait son cotillon. Elle était belle, comme ça, toute en jambes. On avait rarement l'habitude d'un pareil fini chez les femmes qui portaient leurs marmitées aux cochons. Eugène avait caressé ces mollets à peine attachés aux chevilles Il avait remonté le chemin de ces cuisses sans fin.

Églantine attendit de s'être emmanchée dans sa chemise de coton :

— C'est Sicaut qui me l'a dit. Il ne veut pas que je te dérange pendant une ou deux nuits. Après, lorsque tu iras mieux, je retournerai avec toi.

Présenté de cette manière, Eugène accepta. Mais, malgré sa fièvre, il n'oublia pas les paroles d'Églantine. Il ne réagit pas le lendemain lorsqu'elle s'allongea au côté de la tante. Il ne laissa pas passer le troisième soir :

— Églantine, viens avec moi ! Ça suffit comme ça. Tu ne m'empêcheras pas de dormir, puisque de toute façon je n'ai pas la paix.

La tante essaya de le raisonner. Elle parla du lit moite et de l'espace pour se retourner. Il n'en démordit pas : sa femme était à lui, elle devait coucher dans son lit.

Elles se répétaient les paroles du médecin, lorsqu'elles l'avaient raccompagné dehors après sa visite de cet après-midi :

— Alors, docteur ?

— Alors ? Qu'est-ce que vous voulez que je vous dise ?

— La vérité, docteur.

— La vérité ? Il est d'une constitution robuste. On ne sait jamais avec des natures comme celle-là !

— Parce que autrement il est perdu ?…

Il évita les yeux verts trop tendres d'Églantine, il se tourna vers la tante :

— Tant qu'il y a de la vie, il y a de l'espoir. Je me trompe peut-être. Mais je parierais pour une pleurésie tuberculeuse.

— Oh !

Églantine ne savait pas ce que c'était. Seulement, il y avait ce mot : tuberculose. À lui tout seul, il véhiculait des processions de pauvres hères à la poitrine comme une éponge.

Sicaut planta ses yeux pleins de vaisseaux rouges dans ceux d'Églantine :

— Vous n'allez pas flancher, hein ? S'il a besoin de quelque chose, c'est de vous, et souriante au bord de son lit.

Il n'avait pas cillé lorsqu'un flux de larmes avait gonflé les paupières d'Églantine.

— Je compte sur vous. Mais pas de bêtises, hein ? Il est très probablement contagieux. Tenez, autant que possible, votre petit éloigné de lui. Et que tout le monde évite de l'approcher de trop près.

La tante Louise, derrière lui, tremblait comme une feuille.

Les deux femmes avaient ressassé toute la soirée ces mots qui sentaient le soufre : tuberculeux... contagieux... Et cette remarque, qui avait de la mère dans le cœur : « Il a besoin de vous... »

Si Églantine restait couchée avec la tante, qu'est-ce qu'Eugène allait s'imaginer ? Qu'est-ce qu'il allait tourner comme mauvaises idées dans sa tête enfiévrée ? C'était sûrement en s'allongeant auprès de lui qu'elle avait le plus de chances de lui bercer sa peine. Pour le reste, le mal pouvait tout aussi bien lui sauter dessus quand elle changeait ses draps, ou lui essuyait la figure.

Elle ramassa ses affaires et les emporta sur leur lit.

Le miracle n'eut pas lieu.

On n'a jamais vu même un chêne rouvre déplumé de ses feuilles par un coup de feu de l'orage se remettre à clignoter un matin dans le soleil. Non, la déchirure noire demeure au flanc de l'arbre immobile. Et on sait qu'il commence à pourrir à l'intérieur. C'est la même chose pour un homme, lorsqu'il a été touché.

Il a beau parler encore, battre des paupières, tousser. Il se contente de reprendre des habitudes passées, comme le balancier d'une pendule qui vient de s'arrêter, et qui trompe son monde en remuant encore.

Eugène était ainsi.

L'éclair n'avait pas réussi à le coucher sur le chemin. Il finissait maintenant son travail de sape. Il avait mis le feu à l'intérieur d'Eugène, et personne n'avait rien pour l'éteindre.

Eugène lutta quinze jours, croyant toujours recouvrer assez de forces pour s'en sortir. Il se lassa parfois. Sur le point de lâcher prise, il frissonnait, et appelait Églantine :

— Dis, tu crois que je vais y passer ?

Pas un trait du visage d'Églantine ne la trahissait. Comment s'y prenait-elle pour l'empêcher de lire son désespoir ? Son sourire creusait des fossettes sur ses joues. Elle cherchait la main d'Eugène qu'elle avait envie de lâcher, parce qu'elle brûlait comme un rond de cuisinière.

— Où veux-tu passer ?

— Passer... de l'autre côté...

— Tu es si petit bonhomme que ça, pour te laisser emporter par le premier courant d'air ?

Avec son mouchoir, elle essuyait les cheveux d'Eugène, pleins de sueur.

— Dépêche-toi de te remettre debout. Il fait beau, tu sais, et tes bras nous manquent.

Alors Eugène était réconforté, et il espérait un sursaut pour le lendemain.

Il s'en alla au cours de la quinzième nuit, sur les trois heures.

Églantine ne dormait pas. Avait-elle dormi une fois sans être sur ses gardes depuis qu'il était malade ?

Il remuait beaucoup. En temps ordinaire, il ne bougeait pas : il se retrouvait au matin dans la même position que lorsqu'il s'était couché. Il poussa un cri, et battit des bras et des jambes.

Églantine se leva pour allumer la lampe.

Eugène avait les paupières ouvertes, et il fixait

quelque chose droit devant, de ses yeux noirs, entre l'armoire et le lit. Il éleva le poing et l'abattit avec violence. Il sursauta et frappa de nouveau.

— Qu'est-ce qui t'arrive donc ?

Il courait dans les draps. C'était clair. Il se sauvait jusqu'à bout de souffle. Et, quand il n'en pouvait plus, il hurlait. Il se dressa, se blottit contre la tête du lit, et se débattit en frappant dans le vide autour de lui.

— Eugène, le supplia Églantine au risque de recevoir un coup, qu'est-ce qui t'arrive ?

Il tourna vers elle un regard égaré. Il articula avec peine, parce que sa langue remplissait toute sa bouche :

— Les vipères...

— Hein ?

— T'as vu les vipères...

— Il n'y a pas de vipères, Eugène.

Elle lui parlait comme à un enfant que la mauvaise lune emporte dans des cauchemars.

— Tu rêves. Calme-toi. Je suis là.

Mais Eugène était parti trop loin pour revenir. Des troupeaux de vipères le poussaient. Églantine le comprit. Elle cessa de l'appeler. Elle savait qu'il ne l'entendait plus. Et toutes les larmes retenues pendant ces quinze jours lui montèrent aux yeux. Elles débordèrent sans bruit, lui coururent sur la figure.

Elle s'agenouilla en chemise, sur le lit, à côté d'Eugène, les cheveux en désordre, se penchant pour essuyer la sueur qui grouillait sur les tempes de son malheureux mari.

Les cris d'Eugène avaient réveillé toute la maison, et le petit Maurice parut dans la porte du couloir :

— Qu'est-ce qu'il a, mon papa ?

Armand le conduisit chez les voisins, et il fila au bourg chercher le prêtre.

Le curé vint avec l'hostie et l'huile. Il eut le plus grand mal à peindre sur lui ses croix, pour le passage.

Enfin, à huit heures, Eugène s'apaisa. Il ne s'agita plus.

À neuf heures, il se remplit d'air une dernière fois, bruyamment, mais ne se vida pas.

C'était fini.

Les voisins furent surpris de découvrir le mort aussi défiguré par le mal. Ils gardaient d'Eugène le souvenir d'un grand gars carré à soulever une charrette d'un coup de reins. En quinze jours il s'était complètement vidé. On ne voyait plus que son nez, en bec d'aigle, la peau jaune comme un beurre rance.

Ils baissaient la tête. Ils se disaient entre eux : « On n'est pas grand-chose. En quinze jours. Ça pourrait être n'importe lequel d'entre nous, tout pareil... »

Le Valentin Brocheteau de la Broue pleurait comme un enfant, sonnant un grand coup de trompette dans son mouchoir. Les gros doigts du Henri Loué tremblaient, et il les cachait derrière son dos. Les Fournier, les Pubert, les Parpaillou baissaient la tête d'un air coupable. Ils hésitaient à remettre leurs casquettes sur leurs crânes, une fois dehors.

Quand le père Menanteau arriva avec son cheval et le corbillard, deux cents personnes attendaient au bout du chemin de la Malvoisine.

Eugène était en effet connu comme le loup blanc, avec ses tournées. Et puis partir si vite, et si jeune !

Mais il n'y avait là que les plus proches. Il fallait compter aussi avec tous ceux qui s'étaient rendus directement au bourg, et qui monteraient à l'offrande, pour se montrer à la famille.

Le grand-père marchait devant, droit comme un jonc, le chapeau dans les mains. Il ne voyait personne. Il y avait dans ses moustaches blanches toute l'estime qu'il portait à son gendre.

Derrière venaient Armand et le petit Maurice. Armand mordait sa langue, comme à l'habitude lorsqu'il marchait. Ça l'aidait à bouger ses deux jambes, vu qu'il boitait. Petit Maurice était en culotte courte du dimanche. Il avait tout compris. Il s'étonnait de tant de monde pour accompagner l'enterrement de son père. Il ne croyait pas qu'il occupait tant de place, et il était fier de lui.

Ensuite c'étaient Églantine et la tante Louise. En noir, des pieds à la tête, elles se tenaient par le bras, appuyées l'une sur l'autre. Le voile de grand deuil leur descendait jusqu'aux genoux. On ne distinguait en dessous que la tache blanche du mouchoir.

Puis venaient les cousins, des plus proches aux plus éloignés. Et les voisins prirent le pas du cortège à mesure qu'il les dépassait. En silence pour commencer. Comme la route était longue, les langues se délièrent :

— Il ne rentrera pas son blé cette année...

— S'il en avait eu, une charrette à cheval le jour de l'orage, il ne serait pas dans celle-là...

— C'était un brave gars. Ils auront du mal à se passer de lui, avec la ferme et l'épicerie...

— Le grand-père a l'air atteint. Ils s'entendaient comme les doigts de la main. Ça pourrait bien mettre des bâtons dans les jambes du vieux, et le faire culbuter plus vite qu'à son tour !

Après midi, ils rentrèrent à la Malvoisine, et mesurèrent l'étendue de leur misère.

Églantine enleva son chapeau pour reprendre ses vêtements de tous les jours. Elle s'attendait au geste d'Eugène qui lui tendait d'habitude son veston pour qu'elle le pende au portemanteau. Elle ouvrit l'armoire, vit son costume, sa chemise. Elle pensa qu'elle ne l'entendrait plus s'asseoir en poussant un soupir à côté d'elle, pour délacer ses souliers.

Elle tomba sur le lit, la bouche sur l'édredon, qui avala ses sanglots. Petit Maurice accourut :

— Maman ! Je ne veux pas que tu pleures ! Maman, je ne veux pas !

Il se mit à pleurer à son tour.

C'était la première fois qu'il pleurait la mort de son père.

Elle se redressa, tira son petit dans son giron, pleura avec lui. Elle sortit son mouchoir, essuya les larmes de l'enfant et les siennes. Il fallait continuer, reprendre l'ouvrage où son père l'avait laissé.

De toute façon, les bêtes ne pouvaient pas attendre. Et, à la basse heure, le grand valet et Armand entrèrent dans les écuries.

Le lendemain Églantine les suivit avec ses seaux, pour traire les vaches.

3

Le vieux Teckel

Pendant les premiers jours, les clients repoussèrent leurs commissions à la Malvoisine, et puis le besoin de sucre et de sel leur remit le panier sous le bras.

La ferme de la Malvoisine, en effet, avait une réputation dans le pays. Pas un homme, pas une femme qui n'y ait un jour traîné ses guêtres. Pas seulement à cause de l'épicerie. Chacun s'y sentait chez soi, comme en famille. On pouvait y frapper à n'importe quelle heure du jour et de la nuit, la porte était toujours ouverte.

C'était une suite de grandes bâtisses, visibles de loin au milieu des terres. Le plus proche village, la Broue, se trouvait à six cents mètres. Il n'y avait pas à se tromper : on prenait le chemin à la grande croix de granit gris visible depuis le pied de la côte. Quatre croix se dressaient ainsi sur les terres de la Malvoisine, parfaitement entretenues, sans un brin d'herbe. La tante y effectuait chaque semaine son pèlerinage, et y disposait dans un vase les fleurs apportées dans son arrosoir.

Les visiteurs de la Malvoisine passaient en

soulevant leur casquette devant le calvaire, et ils entraient dans l'allée plantée de fayards énormes. Le chemin tournait deux fois, entre des haies de prunelliers et d'aubépines, et la cour s'ouvrait en face, barrée au fond par la maison.

La maison était haute avec, en plein milieu, la belle entrée : une grande porte à deux battants, donnant de part et d'autre sur les grandes salles de la cuisine et de la chambre, éclairées par une étroite fenêtre. Au-dessus de chaque ouverture, trois lucarnes de grenier étaient fermées par des volets de bois.

Mais ce n'était que le bâtiment du milieu : une construction plus basse s'y appuyait à mi-hauteur sur la droite. On l'appelait la boulangerie. Le four s'y trouvait, au fond. On aurait pu, tout aussi bien, l'appeler l'épicerie, puisque c'était là qu'était rangée la marchandise. Un panneau, cloué sur la porte, vantait les mérites des pâtes « La Lune ». Il n'y avait pas à s'y tromper.

Plus basse encore de toiture, la soue à cochons venait encore après, contre la boulangerie.

De l'autre côté, même affaire. La cave d'abord, puis l'écurie du cheval.

Tout ça était bâti en pierre du pays ; une pierre roux et bleu liée par un mortier bâtardé de terre jaune.

Restait la grange, à la perpendiculaire, tout en pierre, elle aussi. C'était un monument, une église. On y logeait sans peine trois charretées de foin les unes derrière les autres. Et sa charpente ! Un échafaudage de poinçons, de pannes, de chevrons ! On avait plaisir à escalader des yeux ces arithmétiques de bois chevillé, à s'asseoir à califourchon sur une maîtresse poutre qui n'était rien d'autre qu'un pied d'arbre grossièrement équarri. De chaque côté de la grange centrale, les étables pouvaient renfermer cinquante bêtes, pas moins.

C'est un matin de tous les jours, sur les neuf heures. Ils sont encore assis, en rang d'oignons sur les bancs, autour de la table. Ils finissent de collationner. Au milieu, un plat aux trois quarts vide d'une fricassée de haricots au beurre roux.

Eugène souffle dans le tuyau de sa pipe encore vide. Armand trempe dans le plat une dernière bouchée piquée à la pointe de son couteau. Tom, le chien, se frotte les puces aux jambes de leurs culottes, et guette les miettes.

Ça sent le chaud : un mélange de café et de beurre fondu, de tartines grillées, odeurs irrésistibles.

Le grand valet remplit son verre et le gobe d'un coup, en rejetant la tête en arrière. Petit Maurice pousse le sien vers lui, du bout des doigts. Il demande des yeux.

— Tu en veux, toi aussi, l'homme ? lui dit le valet.

Il fait oui avec la tête.

Le vin n'en finit pas d'arriver au goulot. Trois gouttes en tombent, et hop ! la source se tarit.

— Oh ! là ! Oh ! tout ça ! Il faut que je t'en enlève !

Le petit fait non. Un sourire lui fleurit les joues.

Le grand-père essuie son couteau sur sa cuisse, après l'avoir déjà frotté sur son pain. La lame luit. Elle claque en rentrant dans le manche.

Seules les femmes ne sont pas assises. Elles

tournent autour de leur feu, levant le couvercle de la cafetière qu'elles surveillent attentivement. Elles mangeront plus tard, quand les hommes seront partis. Elles seront plus tranquilles.

Le grand-père dit :

— Bon.

Il se lève, en s'appuyant des poings sur la table. Les autres le suivent.

C'est une belle race d'hommes, grands, avec de longues jambes d'arpenteurs de labours. L'habitude de prendre les choses de haut se lit dans leur regard. Chez le grand-père surtout, même si une forme de brume glisse à présent sur ses yeux gris creusés dans des pommettes taillées au couteau.

Le valet est d'une autre espèce. Aussi solidement charpenté que les autres, il a la tête qui ne va pas. Il est gentil et travailleur. Malheureusement, quand ses mauvais démons s'emparent de lui, il n'est plus maître de rien. Actuellement c'est le cinéma qui lui fatigue la tête. Chaque dimanche il court s'enfermer dans la salle de cinéma de La Roche. Il en sort comme fou. Il ne dort plus pendant les premiers jours de la semaine. Il rêve tout haut. Ils ne peuvent pourtant pas l'empêcher de sortir le dimanche !

L'Armand, lui, se sait le raté de la couvée, le chéti comme on l'appelle. Il a l'écorce épaisse comme Eugène. Mais il est tout petit, ses omoplates énormes lui lèvent une bosse sous la chemise, et ses jambes n'ont jamais trouvé leur trou dans ses hanches. Il a un beau visage d'homme, mais ridé par l'amertume de son infirmité.

Ils traversent la cour.

Le peigne du soleil coiffe le marronnier derrière la grange.

Armand arrête le grand valet :

— Tu vas conduire les vaches au Pont-David. Après tu prendras le deuxième tombereau pour me rejoindre à la luzerne. Pense à ton dail.

Le pépé a déjà grand ouvert les portes de l'étable. Une première vache rouge sort la tête, regarde d'un côté, de l'autre, ne se décide pas. Le valet accourt, empoigne son bâton, la pique :

— Allez ! Allez !

Les vaches égrenées dans la cour, contenues par les ronds du chien, attendent qu'on les mette en route.

Eugène a attaché Coquette à l'anneau, et revient en portant le collier.

Armand serre les sangles du joug autour des cornes de ses bœufs.

Et ça jappe. Et ça meugle, parce que Tom a mordu Charmante à la patte : elle approchait de trop près les pots de fleurs de la maison. Et ça caquette, parce que les poules ont perdu leurs aises.

C'est la vie qui court dans son lit, comme une rivière entre les pierres.

La tante, le nez dans le bol, les coudes sur la table, regarde par la fenêtre tourner le manège, sans le voir. Elle en a l'habitude.

Seul le petit Maurice semble inquiet, sur le seuil, les deux mains serrées sur son ventre, dans la poche de son tablier écossais. Il hésite entre le tombereau à luzerne du tonton Armand ou la voiture à cheval de son père qui part en tournée.

C'est à ce moment-là que le père Parpaillou et la mère Betchu, de la Broue, débouchent dans la cour.

Le père Parpaillou est un vieux brigand, retraité garde-chasse. Sa bourrique passait pour plus docile que son maître lorsqu'il avait la charge des chasses du comte de Beautour. On le craignait comme une teigne. On le voyait partout à la fois. Court sur pattes, le poil roux, il avait été surnommé Teckel, à cause de sa couleur, mais surtout parce qu'il tenait de cette race de chiens rase-mottes, toujours en mouvement, au flair excellent pour lever un gibier. Il ne faisait pas bon, à son époque, se trouver en défaut sur les terres du comte.

À ce sujet, un matin, ne voilà-t-il pas qu'il trouve Courvoisier, le plus gros commerçant en tissus du canton et le compagnon de chasse du comte, fusil chargé dans la réserve.

— Vous êtes en tort, monsieur, lui dit-il. Je vais dresser procès-verbal.

— Pas à moi, Parpaillou, tu sais bien qui je suis.

— Je sais que je vous ai pris en faute, monsieur.

Et il sort son carnet à souches. Le marchand rit dans sa barbe. Il va aller frapper au château. Le procès-verbal pourrait bien revenir à la figure du garde-chasse.

Le soir même, en effet, le comte convoque Parpaillou dans son bureau.

— Vous avez rencontré M. Courvoisier, ce matin, mon brave ?

— Oui, monsieur le comte !

— Il traversait la réserve ?

— Oui, monsieur le comte !

— C'est ennuyeux, ça...

— Oui, monsieur le comte. Je lui ai dressé procès-verbal.

— Il m'a assuré qu'il ne faisait que passer.

— Avec deux cartouches de six dans ses canons, et son griffon dans les fourrés...

— Ah ! bah...

Le comte tend la main :

— Donnez-moi votre carnet. Je prends sur moi la responsabilité d'en déchirer une page. Nous fermerons les yeux.

Parpaillou se recule. Ainsi au garde-à-vous, pâle comme un linge, il a les cheveux rouges.

— Nom de Dieu, camarade !... s'écrie-t-il.

À ce stade d'offense, il n'épargne pas même son jurement au comte.

— ... Je suis assermenté. La loi est la même pour les gros que pour les petits. Il l'aura son procès, votre Courvoisier, c'est moi qui vous le dis. Mais puisque vous pensez qu'on peut marcher dans des combines, je ne sers plus à rien. Et je vous flanque ma démission !

Rien ne le fit revenir sur sa décision. L'affaire Courvoisier passa au tribunal. Et Parpaillou devint le braconnier le plus avisé des chasses de Beautour.

Il n'a plus maintenant qu'une lune blanche sur la tête, mais il porte encore fièrement une moustache rouge, dont il tue le temps à tortiller les bouts entre le pouce et l'index.

Le grand-père l'a aperçu, tandis qu'il ferme les portes de l'écurie :

— Alors, Teckel, te voilà venu renifler chez nous ?

Teckel reçoit ces paroles du pépé comme un compliment. Ses yeux ronds luisent et battent la cour, comme à la recherche d'un gibier :

— Eh oui, il me semble avoir levé de ce côté-ci une odeur...

Il pince les lèvres, serre les poils de sa moustache contre son nez levé, prenant le vent. Il fonce droit vers la porte de la cave.

Eugène est à côté, il achève de harnacher Coquette. Il tend la main au bonhomme :

— Vous vous trompez. Ce n'est pas là que vous remplirez votre panier !

— Pourquoi, mon gars ?

Le grand-père les a rejoints. Il caresse le crâne de son compère :

— Voilà que ta tête devient comme un chou-pomme !

— Ça, mon vieux, il y a belle lurette qu'il est pommé, et dur comme un caillou ! Il ne s'attendrit pas en vieillissant !

Ils éclatent de rire, et se serrent enfin la main. Le vieux ouvre la porte de la cave ainsi qu'il se doit.

Eugène finit d'atteler Coquette et entre les rejoindre.

C'est ce qui décide le petit Maurice : de l'oncle ou de son père, il choisit le premier prêt.

Quand Armand touche ses bœufs, il court au-devant de son oncle, qui le prend sous les bras et le dépose à l'arrière du tombereau. Eugène adresse pourtant un signe à Armand, en se pinçant la gorge. Armand lève la main : il n'a pas soif. Et il continue de piquer.

Pendant ce temps, la mère Betchu a frappé à la porte. Et, traînant ses savates au bout de ses jambes en fer à cheval, elle est entrée dans le couloir.

— Y a-t-il moyen de se faire servir ?

Les femmes lui répondent par-dessus leur tartine :

— Oui, oui, la mère ! Mais entrez donc. Vous allez bien prendre un café avec nous !

4

Le grand valet

La vie paraît si normale, quand il n'y a rien
pour l'arrêter. Certains en sont même fatigués.
Le tic-tac régulier du temps leur fatigue les
oreilles. Ils s'ennuient. Ils ont trop vite tout
connu. Il suffit qu'une tuile comme celle de la
Malvoisine leur tombe sur la tête pour qu'ils se
rendent compte qu'ils vivaient les narines
ouvertes et qu'ils ne sentaient rien. Ils étaient
aveugles à l'épaisseur, à la couleur du monde.
Alors ils regrettent. Ils appellent celui qui est
parti. Ils lui disent : « Eugène ! reviens, tu verras,
on va recommencer, et je te promets que cette
fois... » Il est probable que, même si c'était possible, ils remettraient les pieds dans leurs pas
anciens.

La Malvoisine retentissait de ces appels. Ses
habitants avaient l'impression d'avoir tout perdu,
le soleil, les étoiles, les arbres. Ils devaient réap-
prendre les gestes les plus ordinaires, comme
celui de se moucher après avoir pleuré.

Ils étaient courageux. Ils se forçaient. Petit à
petit, tout leur rentrait douloureusement dans le
corps. Ils apprenaient à oublier.

Mais ce n'était qu'un commencement. Ils n'en étaient qu'à l'ombre du malheur. Il leur restait encore à le prendre à bras-le-corps, pour se coucher avec lui !

Eugène était en terre depuis un mois et demi.

Églantine s'était habituée à son sarrau noir. Et, quand elle se regardait dans la glace, la pâleur de son visage lui était devenue familière. Elle en avait eu horreur les premiers temps. Maintenant il lui prenait envie de lui sourire.

Les hommes s'étaient partagé la besogne d'Eugène. Le grand-père, lui-même, avait repris du service, et il promenait Coquette dans les campagnes avec son épicerie.

Le blé qu'Eugène n'avait pas eu le temps de soupeser craquait dans les épis. La chaleur lui avait donné un beau doré de vieux louis. La terre était riche. Les hommes qui promenaient leurs braies au bout de leurs champs se remplissaient de ce feu jaune. Il leur pétillait dans les yeux. Ils disaient :

— Le moment est venu de le couper.

Ils sont rentrés dedans.

La moisson leur a gargouillé jusqu'à la ceinture. Elle leur a rempli le pantalon de soleil. Les femmes, en s'approchant d'eux, ont senti le sang leur piquer les lèvres. C'était dur de se retenir d'y rouler. Ç'aurait été bon de se planter là, et de se balancer avec les épis que le vent troussait.

Les femmes se sont essuyé le front. Elles ont ri à pleine gorge, les yeux pleins d'étoiles. Les hommes ont mordu les gerbes.

La Malvoisine et la Broue s'étaient donné la main depuis toujours, pour les battages. C'est-à-dire que les quatre fermes de la Broue, plus celle de la Malvoisine s'organisaient pour moissonner et battre les unes chez les autres.

En commençant le champ de la Malvoisine, tous les Jaunet, les Parpaillou, Brechoteau, Brouti secouèrent la tête en disant : « Ce pauvre Eugène... » Et puis ils se laissèrent emporter par le feu du blé. Armand, lui-même, se surprit à siffler en rentrant dans la cour avec une charretée. Il mordit sa langue, et toucha ses bœufs un grand coup.

Puis la loco, suivie de la batteuse, de la vanneuse, arriva à la Malvoisine, et elle apporta un plein monte-paille de soleil.

Le petit Maurice battit des mains. Il avait suivi la fête chez les autres. Et le bouquet final allait avoir lieu chez lui. Il se promettait de régenter les drôles des Parpaillou et des Jaunet. Il serait le prince de sa batterie, autant qu'ils l'avaient été chez eux.

Il avait mal dormi, donnant des coups de pied à Armand avec qui il partageait le lit. Aux premières heures, lorsque son oncle se leva sans bruit, la petite tête ébouriffée de l'enfant se dressa :

— Tonton, c'est l'heure ?

— Pour moi, pas pour toi. Dors encore.

Il ne l'écouta pas. Il bondit hors du lit, enfonça sa chemise dans sa culotte en appelant le grand-père et le valet qui couchaient aux autres coins de la chambre, fila dans la cuisine, ses chaussures dans ses mains, où il réveilla sa mère et sa tante Louise qui lui demanda :

— Qu'est-ce qui t'arrive, mon petit gars ?

— C'est les batteries, tantine.

— Les batteries ? T'as donc bien de l'ouvrage aujourd'hui...

Tout le monde se trouva sur pied avec lui.

Dehors, les mécanos tournaient autour de la mariée : la loco. Ils l'appelaient ainsi parce qu'elle était aussi noire qu'une mariée est blanche. Ils y avaient allumé le feu.

Le grand-père ouvrit la porte. Et les hommes, sortant du chemin de fayards la fourche sur l'épaule, entrèrent dans la maison. La bouteille de blanche les attendait sur la table. Ils en prenaient un premier verre pour se donner du cœur à l'ouvrage.

La maison s'emplissait de leurs murmures, dissipant les coins d'ombre. Ils n'osaient pas encore parler trop haut. Dehors tout était encore tellement habillé de rêves. Ils avaient peur que sur un coup de gueule tout s'envole, comme un vol d'étourneaux. Il fallait laisser le jour se lever doucement, de son plein gré. Quand l'aube aurait fini d'encenser le bocage, elle prendrait de la hauteur entre les feuilles, et elle donnerait tout le ciel au soleil.

Le soleil ne se fit pas prier. Il banda ses rayons et les envoya rouler au-dessus des têtes. Les hommes en eurent le tournis. Ils allongèrent la langue, et bénirent les bouteilles qu'ils se passèrent de main en main pour se rafraîchir.

On a donc accusé le soleil. C'est facile de lever les yeux au ciel et de lui tendre le poing en le rendant responsable de tous nos malheurs. Le soleil faisait son ouvrage. C'est sa tâche de tisonner le temps. Quand il crache une belle flamme, il n'y a qu'à le complimenter parce qu'il est un bon maître de chauffe.

Qui donc a été coupable ? Tout le monde et personne. Le grand valet le premier, qui n'a pas su refuser.

Les batteurs étaient à leurs postes. Ils étaient grimpés sur le gerbier, la batteuse, le pailler. Ils allaient et venaient à travers la cour, un sac de grain sur les épaules. Ils rôtissaient, et leur salive et la poussière leur brûlaient la gorge.

Le grand valet piquait sa fourche sur le pailler, en compagnie de Valentin Brocheteau et de Michel, le valet des Brouti. Il se mesurait à Valentin, nerveux et dur comme du bois de frêne, et il surpassait Michel, qui se moquait de ne pas être à leur hauteur. Ils mettaient en place la paille qui tombait à jet continu du monte-paille. Ils l'enfourchaient et l'étendaient. Ils montaient une belle motte arrondie, régulière, comme du beurre qu'on aurait lissé avec un couteau.

À la longue, ils devenaient peu à peu des hommes de paille parce que, pliés sous l'averse, des fétus se piquaient dans leurs cheveux, sur leurs épaules, se collaient à leur sueur.

Ils riaient malgré tout. Il était difficile de ne pas rire avec Valentin toujours disposé à une farce. Valentin clignait de l'œil en direction de Michel. L'autre lui répondait. Et le grand valet était souvent l'objet de leurs plaisanteries.

Comme il n'avait pas de défense, il emboîtait innocemment le pas de leurs histoires, jusqu'au moment où il s'apercevait qu'elles se retournaient contre lui. Valentin débondait alors son gros rire, et Michel se sentait vengé de son infériorité à la tâche.

Ils avaient commencé dès l'embauche, titillant le valet sur sa sortie du dimanche :

— Alors, tu es allé au cinéma ?

Ils hurlaient pour se faire entendre. Les yeux du grand valet s'étaient allumés sous la visière de sa casquette, comme si la machine à images s'y était mise en branle. Il n'avait pas répondu. Il avait égalisé la paille par un geste de routine, mais il était parti ailleurs. Le pinceau d'un sourire coloriait ses joues bleues.

Michel s'approcha de Valentin et lui donna un coup de coude. Il interrogea le valet avec un air de méchant moqueur :

— Qu'est-ce que t'es allé voir ?

Le grand valet articula quelque chose. Les commissures de ses lèvres étaient collées par la salive.

— Eh ! le bouscula Michel avec son manche de fourche.

Le valet sursauta. Son regard chaviré retrouva son équilibre, et il s'épanouit, le visage tout en dentelle :

— *La Ruée vers l'or…*

Valentin siffla :

— *La Ruée vers l'or* ? Eh bien, il devait s'en passer des affaires, là-dedans !

— C'était avec Charlot.

Il était sur les rails. Il n'y avait plus qu'à le laisser rouler. Les deux autres le baptisèrent Charlot pour la journée.

D'habitude, on ne se battait pas à qui scrait sur le pailler. Quand on y était monté, on courait grand risque de ne pas en descendre avant long-temps. Même si on voulait déboutonner sa bra-guette, souventes fois il fallait le faire sur le tas, à l'abri de sa main en cornet. Quant à la cave, ce n'était même pas la peine d'y songer.

On avait pourtant besoin de bras, là comme ailleurs, et chacun devait se dévouer à tour de rôle. Cette fois, c'étaient eux qui avaient été dési-gnés, pour leur plus grand malheur.

Tout s'était déroulé normalement pendant la matinée : la paille, les muscles tressés en corde, la sueur dans les cils, la poussière, la faim qui char-royait l'estomac à mesure que midi approchait.

Ils se jetèrent sur leurs assiettes, qu'ils vidèrent d'un coup. Et ils reprirent dans le plat. Ils avaient un trou au fond de la gorge, et ils se deman-daient s'ils parviendraient à le boucher.

Valentin avait devant lui une montagne de choux, de patates et de viande de bœuf. Quand sa grosse main y plantait sa fourchette, il en arra-chait autant que sa grange pouvait en contenir.

Le grand valet pareil en face de lui.

Et Jérémie Jaunet, le vieux Teckel, et Armand. Les femmes ne chômaient pas à apporter les plats, desservir, apporter encore.

C'est à ce moment qu'ils se mirent à boire, pour faire couler les pelletées de viande et les cales de pain. Ils s'abreuvèrent par nécessité d'abord, puis y prirent goût.

Le sang leur monta à la figure, couleur de vin dans les bouteilles. On les aurait saignés à une oreille, on en aurait tiré de l'alcool.

Leurs voix sonnèrent de plus en plus fort dans la cuisine, elles tournèrent à la chanson, malgré le respect pour le mort qui avait été allongé sur le lit derrière eux, huit semaines plus tôt. Les femmes, levant le nez de leurs casseroles, regardèrent Églantine. Si elle avait manifesté le moindre signe d'impatience, elles auraient gendarmé leurs hommes.

On demanda une histoire à Teckel. Sa musette de garde-chasse en était remplie. Il interrogea le grand-père qui le pria de raconter.

— Bon, alors ce sera celle de Camille...

Ces premiers mots furent applaudis, car tout le monde la connaissait déjà par cœur. Il continua...

« C'était un soir du mois d'octobre. Le comte était passé à la maison pour m'adresser des reproches :

— Edmond, j'ai encore entendu des coups de fusil dans la forêt. Ce n'est pas possible, les braconniers vont nous la vider !

J'avais entendu péter, moi aussi. Seulement j'étais tout seul pour une forêt grande comme une ville, et je ne pouvais pas prétendre à moi tout seul y imposer ma loi. Le comte le savait. Je lui réclamais de l'aide depuis assez longtemps, mais il me la refusait, par radinerie. Je lui répondis du tac au tac :

— Je le sais, monsieur le comte. Quand je suis à un bout de la forêt, ça tire à l'autre. Le temps que j'accoure, les lascars sont partis. Vous écoutez ce concert de votre chambre. Si vous veniez avec moi, un matin, je vous gage que vous en auriez plein votre petit gilet avant d'avoir mis la main sur un contrevenant.

Je connaissais mon comte. Il redressa son menton pointu et fixa la visière de ma casquette. Mon audace ne lui plaisait point.

— À quelle heure irez-vous demain, Edmond ?

— À l'heure que vous voudrez. Mais il faudrait être en poste à sept heures au plus tard. Ils braconnent au lever du jour.

Nous voilà donc partis. Je le laisse au chemin de la Grole. Moi, je m'installe plus loin, dans le chaume à Gendron. Les chevreuils y broutaient, le matin. On avait convenu de foncer tout droit, si on entendait tirer. Il faisait frais. Quelques barbes de gelée blanche fleurissaient le bord du talus.

Ça n'a pas tardé. Pif ! Paf ! Sur la droite, entre nous deux. Je m'élance. La forêt était sale à cet endroit. Elle était remplie de petits chênes et de bosquets d'épines sur des remouilloirs gangrenés de bruyère. Je tourne, je reviens. J'arrive enfin dans le secteur supposé, mais il s'est bien passé un quart d'heure. Je ne me suis pas trompé : je ramasse deux douilles de six parmi les feuilles, des Manufrance. Je les connais. Ce ne sont pas les premières qu'on me laisse en prime. Mais le fusil a déménagé depuis longtemps. Le maître arrive dix minutes plus tard, les mains vides. Il tire la langue. Il n'a même pas pensé à apporter à boire. Je lui tends ma gourde.

— Alors, monsieur le comte ?

— Eh oui, mon brave Edmond, vous avez raison, c'est le diable !

On a musardé un moment, chacun de notre côté, dans la grande allée, et puis on est descendus tranquillement vers la clairière de l'étang. Le soleil du matin y conduisait parmi les branches. On l'a vu descendre du ciel et s'enfoncer tout

droit dans l'eau près de la cabane de la pêcherie.
C'est à ce moment-là que le comte m'a dit :

— Bon Dieu, Edmond ! Vous ne voyez pas ?

Je découvrais, en même temps qu'il parlait, le
filet de fumée qui sortait par la cheminée de la
pêcherie.

— Il faut y aller, monsieur le comte.

— Et s'ils sont plusieurs ?

— On l'est aussi.

On a armé nos fusils. Le comte avait beau avoir
les mains gantées, j'ai vu que ses doigts tremblaient.

On a gagné la cabane dans le contrebas. Le
comte se tenait derrière moi, collé à mes talons.
Je passe par-derrière. Je n'entends rien. L'oiseau
s'est-il envolé ? J'entends une sorte de murmure.
Il y a du monde.

Je glisse un œil au bord de la lucarne. Je suis
saisi. Je ne peux pas croire. Les soufflets de la
poitrine du comte font à côté de moi un vacarme
infernal. Je lui indique le silence. Je regarde
encore. Le comte me pousse, car lui aussi veut
voir. Je lui laisse la place. Et il tombe en arrêt
comme moi.

Ce n'est pas possible. On a la joue écrasée
contre les pierres, et le comte collé contre moi
n'en perd pas une miette : une femme se lave
dans la cabane, nue comme un ver devant le feu,
en nous tournant le dos.

Elle n'est pas nue. Une crinière de cheveux
noirs lui descend jusqu'au bas des reins. Elle est
taillée comme une bête de concours, les hanches
en pot de fleur, les épaules fines, la tête sur un
col de cygne. Elle est belle à n'y pas croire. On
rêve, ce n'est pas possible.

Elle se penche pour tremper sa serviette dans l'eau sur la marche du foyer. Sa fesse n'a pas une grimace. Elle se retourne tout d'un coup. On se recule. On se regarde. On y revient.

On a honte d'être dévisagés par tant de beauté innocente : ces seins, ces longues jambes à la fourche noire. Elle est suffocante et belle comme son fusil qui est sur la table.

On se recule encore parce qu'on l'a reconnue. C'est Camille, la femme de l'Arbon. Elle a laissé son homme, qui la battait. On hésite. On sait qu'on ne devrait pas. On commet un péché. On y revient. On attend qu'elle ait fini de se caresser avec sa serviette. Quand elle tend le bras vers le dossier de la chaise pour prendre ses affaires, on se décide pour un pas en arrière. Est-ce qu'elle nous a entendus ?

Elle renverse sa chaise, se précipite à la lucarne. Elle crie comme une furie. Je mets ma main sur ma tête pour tenir ma casquette, et je prends mes jambes à mon cou.

Le comte, trop bien nourri, n'avait pas l'habitude de sport de cette espèce. Le temps qu'il réagisse, elle avait ouvert sa porte. Elle l'a mis en joue, et elle a tiré, sans sommation ! Elle n'a pas eu de mal à l'avoir : il filait droit sur le découvert du bord de l'étang.

Il n'a pas réagi sur le coup. Il s'est senti plutôt fouetté, comme par un coup de pied dans les fesses. Mais quand on s'est arrêtés, à bonne distance, derrière les frênes têtards, il m'a dit :

— Edmond, je crois qu'elle m'a eu, la garce !

Je ne savais pas qu'il avait été touché. Le comte a baissé sa culotte devant moi. Elle l'avait bien visé : le tir était groupé en entonnoir autour de l'arête des fesses. Heureusement, c'étaient des petits plombs, logés entre peau et chair, comme des crottes de lapin dans une tripe. Le comte ne saignait pas. Vous me connaissez, j'ai eu pitié. (En prononçant ce commentaire, Teckel regardait ses auditeurs avec un sourire canaille.) J'ai tâté :

— Vous avez mal ? Là ? Là ?

Le comte sursautait. Mes caresses ne lui convenaient pas.

On est rentrés. Je peux vous assurer qu'un comte au derrière en passoire, même entrant dans la cour de son château, ça a perdu beaucoup de son pedigree !... »

Les auditeurs, satisfaits de cette chute, applaudirent Teckel. Mais Jérémie Jaunet voulait la fin de l'histoire :

— Qu'est-ce que vous avez fait de la Camille ?

— J'ai proposé au comte de la déloger. Il s'y est opposé : « Comment, Edmond ? La plus belle femme qu'il y ait jamais eu dans nos forêts ! — Mais, monsieur, elle vous a offensé, et si elle braconne ? » Il m'a tiré par la manche : « Je vais vous confier une chose, Edmond : si ce n'était pas du vice, je serais prêt à recommencer ! — Même avec les petits plombs dans les fesses, monsieur ? — Même avec les petits plombs ! Vous irez faire un tour à la pêcherie voir si elle est encore là. » J'y suis allé. Elle avait déménagé. Elle n'y était plus. Je me suis renseigné. J'ai appris qu'elle était retournée chez son homme, et qu'ils s'étaient rabibochés. Je ne l'ai revue que longtemps après. Mais ce n'était plus la même Camille. Elle était lourde, abîmée.

Jérémie insista :

— Elle était si belle que ça, à la pêcherie ?

Teckel leva vers lui des yeux pleins de brume :

— Oui, je te l'ai dit, comme son fusil.

Quand ils sortirent de table, ils n'avaient plus faim. Ils avaient plus soif que jamais. Toute l'autorité des mécanos et des vieux fut indispensable pour remettre les jeunes à l'ouvrage. C'était le dernier jour. Ils avaient envie de le fêter. La fatigue des jours passés leur sortait déjà en rire par la peau.

Le grand valet dut serrer les barreaux de l'échelle dans ses mains pour monter sur le pailler. Et Valentin, et Michel.

Seulement, une fois là-haut, les deux compères s'entendirent pour conduire le valet plus loin. Ils avaient apporté une bouteille. Ils s'en mouillèrent les lèvres. Le valet se la vida entière sur la langue.

— Vous ne buvez pas !

Valentin cligna de l'œil :

— Tu vas voir si on ne boit pas ! Michel !...

Il tendit à Michel la bouteille vide :

— Appelles-en une autre !

Michel gardait une ficelle dans sa poche. Il l'attachait au goulot de la bouteille, et il la descendait comme ça jusqu'à terre. Les gamins, en bas, se faisaient une joie de la cueillir au bout de sa corde et de courir la mettre sous le mâle.

Michel en appela une autre. Et une troisième. Le grand valet tirait toujours la plus longue lampée. Il avait bu à lui tout seul plus de deux litres. Les autres s'étaient contentés du reste.

Le soleil frappait comme un marteau. Il faisait

monter tout ça en vapeur dans la tête. Et le grand valet n'en avait pas besoin pour se détremper le cerveau. Heureusement, il tenait à sa fourche : il s'y appuyait lorsque le pailler partait sous ses pieds.

Ils auraient dû s'arrêter. Ça tombait sous le sens. Il était à bout. Mais il ne leur restait pas un brin de bon sens, alors que le grand valet était plein comme un œuf à deux jaunes.

Michel brailla en essuyant le goulot du plat de la main :

— À toi, mon vieux.

Le grand valet frissonna en redressant sa fourche pour s'y équilibrer :

— Ça va, j'en ai assez.

Michel interpella Valentin qui remuait sa paille à l'autre extrémité du pailler :

— Hé ! Valentin, il n'en peut plus !

Le monte-paille ronflait. Les courroies sifflaient. La poussière dansait en étincelles. Le grand valet ferma les yeux :

— Vous voulez ma mort, à me forcer à boire sans que j'aie soif !

Il empoigna la bouteille et, rejetant la tête en arrière, voulut la porter à ses lèvres.

C'est ce qui l'emporta.

Il ne tenait plus à la fourche. Il recula d'un pas, deux pas. Il perdit l'équilibre. Et il partit.

Son crâne sonna sur la terre aussi clair que sur une enclume. Il éclata en poussière d'étoiles, et la projection s'arrêta.

Il ne restait plus que huit gerbes à battre. Son pailler était presque fini.

Les hommes s'étaient tous redressés, leur main en visière sur les yeux. Les machines tournaient encore, mais à vide.

Le grand valet était couché dans l'aire, sur le dos, les jambes repliées sur son ventre. Ses yeux ouverts réverbéraient le soleil comme des tessons de bouteille. Sa casquette était restée pendue à mi-hauteur dans le pailler. La terre s'assombrissait autour de sa tête : elle buvait le sang noir qui s'en écoulait.

Églantine accourut, suivie d'Armand, clopinant, la langue dehors. Elle s'accroupit devant le valet, posa l'oreille sur sa poitrine et se releva.

Elle regarda Armand sans rien dire, et rentra dans sa maison tout droit.

Teckel, posté au pied de la batteuse, à surveiller le remplissage des sacs, se retourna vers les porteurs :

— Ça fait deux.

Tout le monde sentit la mauvaise herbe d'une peur inexplicable éclore dans son ventre. Teckel avait raison : cela faisait deux morts en huit semaines dans une maison qui respirait auparavant la santé. Si le diable s'en mêlait, on était en droit de se demander pourquoi il s'arrêterait en si bon chemin. La maison n'était pas encore vide. Pourquoi pas trois, quatre, cinq ?

On roula le valet dans une berne à battre les haricots, et on l'emporta dans la chambre de la Malvoisine. Il n'avait pas d'autre chez-lui, vu qu'il était de l'Assistance publique. Il y travaillait depuis ses douze ans, et y était aimé comme un enfant de la famille.

Armand enfourcha une fois encore son vélo, et il quérit le docteur Sicaut à la Poirière.

Le docteur arriva avant le départ de la batteuse. Il entra en coup de vent, et palpa sous la tête mouillée. Il essuya ses mains rougies.

Les batteurs étaient rentrés derrière lui, en silence, et le regardaient faire. Il se retourna vers eux :

— Quels sont les imbéciles qui ont fait ça ? demanda-t-il, fronçant les sourcils, parcourant le groupe de son œil féroce.

Le rouge de la colère lui gonflait les tempes. Michel, au premier rang, baissait le nez. Valentin, derrière lui, remua les lèvres. Mais on n'entendit rien. Et puis il reprit :

— Il est tombé du pailler... il avait bu...

Il eut le courage d'ajouter :

— Mais il y a de moi !

Églantine porta la main à sa figure. Sicaut fit signe à Armand, qui la prit par le bras et sortit avec elle. Le médecin se tourna brutalement vers Valentin :

— Je te félicite, tu as réussi ton numéro.

Il tendit l'oreille pour écouter Églantine tousser dans la cour. Ça lui barra le front d'un coup de soc profond. Il termina, comme pour lui :

— J'en ai plein le dos de travailler sur le compte des morts !

Il avait l'air harassé. Il griffonna sur un papier, ramassa sa sacoche. Il tendit la main au pépé, et se glissa jusqu'à la porte.

Valentin s'agenouilla devant le corps du valet, et il battit de la tête contre lui en gémissant :

— C'est moi, dis ? C'est moi qui t'ai poussé à boire !

À chaque mot il le heurtait du front, comme s'il avait voulu se faire mal pour se punir. Deux hommes le prirent par les épaules et l'emmenèrent avec eux, de crainte que dans son désespoir il ne commette une autre bêtise. Michel restait immobile, bras croisés, le dos contre le mur. Il s'y serait enfoncé s'il avait pu.

Personne n'avait plus une goutte d'alcool dans le sang. Il ne restait plus que la lie.

Le père Menanteau reprit le chemin de la Malvoisine avec son corbillard.

Il y avait autant de monde que pour Eugène. Les mêmes, aux mêmes endroits. Pour un valet, de l'Assistance, c'était inespéré. Ils étaient tous plus sombres d'être invités si vite à ce nouvel enterrement. Ils étaient engoncés dans leurs costumes. Leurs chemises leur sciaient le cou. Ils auraient préféré leurs hardes de tous les jours, et toucher les bêtes dans les champs.

Ils avaient l'impression de vivre un mauvais rêve, la répétition de la même histoire, vieille de deux mois : le grand-père marchait devant, puis Armand et le petit Maurice, les femmes, bras dessus, bras dessous.

Derrière, les gens murmuraient. La première fois, avec Eugène, ils parlaient plus franchement. La mort semblait normale, elle devenait préoccupante. Ça prenait l'allure d'une série. Y avait-il quelque chose, ou quelqu'un, qui agissait par en dessous ? Ces idées noires tournaient dans les têtes en train de défiler sous les fayards du chemin. Elles nouaient les gorges sous la boule de la pomme d'Adam.

Les batteurs de la Malvoisine venaient ensemble. Ils se serraient les coudes, derrière Michel et Valentin qui avaient plus gros qu'eux de misère à porter. Ils se sentaient tous de la famille. Ils écoutaient le battement de leurs souliers. Il fallait remonter au vingtième rang, pour ne plus entendre le silence, martelé par les sabots du cheval blanc du père Menanteau.

Quand ils passèrent devant le bistro de la mère Charneau, dans le bourg, François Brouti se pencha à l'oreille de Louis Jaunet :

— Tu te souviens qu'à l'enterrement d'Eugène il est venu boire une chopine avec nous ?

Le grand-père n'avait pas voulu qu'on l'enterre dans la fosse commune.

La concession de la Malvoisine était récente. Seule la tante Armantine, la défunte du pépé, y reposait avant Eugène. Il y avait de la place pour six. Le fossoyeur rouvrit le trou d'Eugène, et il descendit le deuxième cercueil sur le premier.

Le docteur Sicaut ramena ceux de la Malvoisine dans son auto. Personne ne disait mot, sauf le petit Maurice qui demanda en caressant les sièges :

— Elle est à toi cette auto ?

Sicaut hocha la tête.

— Rien qu'à toi ? Tu en as de la chance !

Les chênes laissaient la place aux têtards, les haies de ronces et d'aubépines aux haies d'épines noires, éclairées par les ouvertures des barrières.

La voiture gravissait la côte en ronronnant comme un gros chat.

Le petit mangeait son pays des yeux, la tête sur toutes les vitres à la fois, les deux doigts enfoncés dans la bouche jusqu'aux jointures, comme dans ses moments de grande réflexion.

Le grand-père et Églantine ne regardaient que le ruban bleu de la route qui leur entrait dans les yeux et leur ressortait derrière la tête. Seul petit Maurice se retourna lorsqu'ils doublèrent Michel qui rentrait à pied.

Les voyageurs auraient voulu continuer long-temps ainsi, bercés par les secousses de la voiture dont la suspension gémissait dans les trous. Leur misère leur semblait endormie. Le médecin au volant les en protégeait.

Pourtant la voiture s'arrêta dans la cour. Le médecin ouvrit la portière d'Églantine en disant :

— Je repasse vous voir bientôt.

Ils l'attendirent à s'en aller.

La voiture noire, rutilante de soleil, les éclaboussa de lumière avant d'entrer sous les fayards. Des vapeurs poussiéreuses tournèrent parmi les feuilles. Le vent tordit le voile d'Églantine.

Et le malheur leur retomba dessus. La tante gémit :

— Mes pauvres enfants !

Le grand-père marcha jusqu'à la porte, et envoya bouler une poule qui se perchait sur la pierre. Il s'assit sur le banc, et les autres avec lui. Les femmes ne pensaient même pas à enlever leurs chapeaux. Ils avaient posé leurs coudes sur la table, leurs mains étaient ouvertes, et le poids de leur misère pesait dessus.

Ce fut petit Maurice qui les ramena à la vie. Il secoua le bras de sa mère :

— Maman, j'ai faim.

Et le pépé poursuivit tout haut ses songeries :

— Va falloir en trouver un autre.

5

Le petit Maurice

On était le 23 juillet 1927. Le malheur les laissa en repos pendant neuf semaines et, aussi vrai qu'il y a un étang au fond du pâtis de la Malvoisine, il frappa de nouveau le mardi 27 septembre.

L'été était fini. Il n'avait pas fait faux bond cette année-là. De la première semaine de juin à la Saint-Aimé, il avait jeté son jaune sur les prés. L'herbe s'était laissé faire. Et en même temps qu'elle changeait de poil, des frissons lui couraient sur l'échine quand le vent y envoyait danser ses sorcières. À la Saint-Aimé, tout était grillé. Même les chênes étaient fatigués de ne pas trouver la moindre humidité à l'extrême pointe de leurs racines. Les fayards avaient attrapé la pelade : leurs feuilles cuites tintaient sur la branche comme des castagnettes, et tombaient les unes après les autres.

Jusqu'au puits de la Malvoisine qu'on avait vu tarir. Ce n'était pas arrivé depuis l'année de la naissance d'Églantine, trente-deux ans plus tôt. Le seau ne raclait plus au fond qu'une boue noirâtre inconsommable. On attela Coquette à la tonne, et on la conduisit sur la jonchée de feuilles du chemin jusqu'à la Broue dans la vallée, qui ne manquait pas d'eau.

Et puis, du jour au lendemain, le temps tourna.

Le matin de la Saint-Aimé, on s'éveilla avec un ciel qui avait le gros ventre, gonflé comme une vessie près de craquer. Il mit toute la journée à s'installer. Il s'accroupit les jambes écartées au bord de la terre, remonta ses cotillons. Il poussait mais rien ne venait. Tout le monde l'encourageait, le nez en l'air :

— Allez, c'est bon, ça va marcher !

Ils l'attendaient. Ils étaient tous prêts à tomber la chemise pour s'ébattre dessous. Ils sentaient déjà les ronds des gouttes sur leurs peaux brûlées.

Ça commença à goutter avec les premiers flocons de la nuit, sur la basse heure. Tout doucement d'abord, juste de quoi emplir les narines des odeurs de la terre.

Avec le noir, les gouttières carillonnèrent. Ça se mit à tambouriner. Ça coula dru. Il avait une belle envie, le bougre ! Il ne s'arrêtait plus. Deux jours, trois jours, on entendit la même musique des peta-peta de l'eau marchant dans les chemins.

On en avait déjà assez. On commença à guetter l'éclaircie. On avait pourtant demandé la pluie, on l'avait espérée au moindre médaillon de nuage à la gorge du ciel. On se prenait à rêver maintenant d'un été de la Saint-Martin.

Après une huitaine, ça devint un déluge. L'eau était remontée dans le puits à son niveau ancien. On ne savait plus ce que faisait la tonne à moitié pleine au milieu de la cour. Des mares remplissaient les creux des chemins.

Tout avait reverdi. En moins que rien, des pointes vertes avaient surgi des herbes mortes, et badigeonné le pays d'un fameux coup de peinture, à ne pas le reconnaître. C'était réconfortant.

Mais ça continuait.

Les hommes, habitués au grand air, s'ennuyaient à suivre les chemins tracés par l'eau contre les vitres des maisons. Ils avaient d'autres envies de voyages. Alors ils enfilaient leur paletot, se plantaient un sac de phosphate sur la tête et prenaient la poignée de la porte.

— Où vas-tu ?

— Je vais à la vigne, voir ce qu'elle devient.

— Tu seras enfondu.

Ils haussaient les épaules, et sortaient sous la pluie battante à couper le souffle. Ils revenaient trempés. Ils s'asseyaient au coin du feu, et l'eau qu'ils avaient dans le paletot s'en allait en fumée.

— Sale temps !

— Oui.

— Si ça continue, on ne ramassera pas un grain de raisin.

— Peut-être bien.

— Il va pourrir sur pied. J'en ai vu qui sont déjà piqués de blanc.

— Avec un temps pareil !...

Petit Maurice rongeait son frein encore plus que les autres. Il n'avait pas le droit, bien sûr, à ces sorties. On ne lui permettait pas d'aller toucher les vaches ou chercher de la pension pour les bêtes. Dès qu'il mettait le nez dehors, il entendait sa mère ou sa tante :

— Maurice, viens ici !

— Maurice, ferme la porte !

La pluie le tenait en prison derrière ses barreaux, et il s'ennuyait.

Petit Maurice était un enfant vivace comme un lézard vert. Toujours à l'affût, il allongeait son museau pointu et ses yeux pétillaient comme de la limonade dès que quelque chose l'intéressait. La joie d'apprendre moussait jusque dans ses cheveux noirs pleins de frisettes en croissant.

Il était incollable sur les sujets d'agriculture. Il en savait beaucoup plus qu'il n'est habituel chez un gamin de cet âge. Comment s'y prenait-il ? Il écoutait. Il se fourrait dans les jambes des grands lorsqu'ils parlaient. S'il avait mal compris, ou n'était pas sûr d'un détail, il attendait que les autres soient partis, et allait trouver son père ou son oncle.

— Dis, il y a moyen de semer le blé au printemps comme en automne ? Pourquoi semez-vous toujours en automne ?

— Par habitude. Et puis le blé d'automne donne davantage de paille. On en a besoin pour les bêtes.

Il menait les bêtes au doigt et à l'œil. Il passait sans se baisser sous le ventre de Coquette, la jument rouge, haute sur pattes pour une bête de trait. Il lui parlait et, à la flûte de sa voix, elle remuait les oreilles, retroussait les babines, montrait les dents en secouant la tête. Elle riait. Elle était sous le charme. Il en faisait alors ce qu'il voulait. Il lui prenait sa patte énorme pour y examiner la verrue qui y poussait.

Ses succès lui avaient valu la garde du troupeau de canards de la Malvoisine. Il en avait la charge entière de l'œuf jusqu'à la plume, et il ne l'aurait abandonnée à personne.

Il sortait le matin, le bâton à la main, et appelait sa tribu en bâillant encore :

— Poté, poté, poté, pot, pot, pot...

Les canards accouraient, de toutes les extrémités de la cour, en se déhanchant. Ils grouillaient autour de ses chevilles. L'enfant ne mesurait que quelques centimètres de plus que sa basse-cour, pourtant il la toisait de haut, et s'en allait devant, le pas emboîté par tout ce monde cancanant. Il menait les canards aux champs, et il avait pour eux des tendresses de berger.

Il n'en avait perdu qu'un, au début, par inexpérience : les canards sont friands de grosses limaces rouges qu'ils avalent d'un coup, l'écume au bord du bec. Mais quand la limace est gobée de travers, elle s'enroule au fond du gosier, comme un bouchon de caoutchouc. Le canard avait étouffé.

Depuis, il emportait toujours un crochet de fil de fer qui lui servait de tire-bouchon, quand un canard était sur le point de virer de l'œil.

Avec le mauvais temps, sa basse-cour barbotait sans lui, et il enrageait.

Il s'était occupé d'abord à la dessiner sur un bout de papier. Puis il avait taillé l'écorce de son bâton, au coin du feu sur la salière, en compagnie du grand-père. Il avait joué avec le chien sous la table. Sa mère et sa tante lui avaient demandé d'éplucher les pommes de terre avec elles. Pouvait-il trouver grand plaisir à passer tout son temps en compagnie des femmes ?

Il ne cessait de répéter à sa tante :

— Tantine, je m'ennuie !

Ou à sa mère :

— Maman, qu'est-ce que je pourrais faire ?

Il frappait du pied le bas de la porte avec mauvaise humeur.

Ce matin-là, Fernand Pubert vint chercher de l'épicerie avec son gamin, Rémi, d'un an plus vieux que le petit Maurice. Les deux enfants s'étaient amusés. Des crises de fou rire avaient plié le petit, débordant de gaieté après tous ces jours tristes. Églantine s'était réjouie d'entendre retentir les cris des enfants :

— Fernand, laissez-nous donc votre Rémi. Maurice est content. Ce n'est pas drôle pour lui d'être enfermé avec nos têtes d'enterrement.

— Il ne faut pas qu'il vous dérange.

— Au contraire. Armand vous le reconduira.

Et les deux enfants continuèrent de babiller sur leurs chaises. Pas pour longtemps. Ils avaient besoin de se donner du mouvement. Rémi tira une ficelle de sa poche et la passa sur les épaules du petit Maurice :

— Hue ! Dia ! Dia !

Ils tournèrent autour de la table. Églantine fut rapidement rassasiée de leur trot à travers la maison. Elle guetta le ciel et leur ouvrit la porte à la première éclaircie. Ils glissèrent leurs savates dans leurs sabots, et ils sortirent avec des cris de triomphe.

Rémi dépassait Maurice d'une tête. Outre son année supplémentaire, il tenait des Pubert une carrure de lutteur. Ses pectoraux gonflés s'allongeaient jusque sur les pattes d'épaules, lui écartant les bras du torse comme un lutteur. Les cheveux tondus à ras, les oreilles décollées, les yeux très noirs, il avait tout du fort caillou.

Petit Maurice ne paraissait pas auprès de lui. Il avait pris de sa mère et de sa grand-mère leur minceur, et une probable fragilité. Il compensait en nervosité. L'enthousiasme le secouait d'une formidable décharge électrique toujours inquiétante pour sa mère : enfançon, il avait souffert de convulsions.

Ce matin-là, les deux amis formaient donc un tonitruant équipage. Maurice voltigeait, Rémi s'arc-boutait. L'air de la Malvoisine résonnait de piaffements de grande cavalerie.

Savoir ce qui s'est passé ? Avec les enfants, comment le prétendre ?

Petit Maurice avait sorti son sac de bonbons, un sac vieux de trois semaines acheté à la sortie de la messe avec les sous économisés sur la vente des canards. Il n'était pas habitué à les manger d'un coup. Avant d'en tirer un de la poche de cellophane, il prenait le temps de le choisir, de le regarder. Il le mouillait le moins possible, une fois dans sa bouche, pour le faire durer. Il était allé chercher son sac pour faire plaisir à Rémi, et lui avait offert un bonbon. Seulement Rémi en voulut deux :

— Donne-m'en un autre !

— Tu en as assez d'un !

— Donne, un deuxième !

— Non, tu n'en auras pas !

Maurice se sauva. Rémi le poursuivit, autour de la grange, du pailler, d'une barrique en vidange devant la cave. Ça devint un jeu, avec des cascades de rire effrayé lorsque Maurice parvenait à s'échapper. Et il y eut cette maudite seconde où Rémi allongea le pied. Son sabot frappa Maurice dans le tendre de la jambe, derrière le genou.

Maurice s'étala. Ses bonbons roulèrent dans la boue avec lui. Il se mit à pleurer, à plat ventre dans une flaque, ses vêtements tout de suite trempés. Rémi se pencha et essaya de le consoler :

— Tais-toi. Tais-toi ! Ce n'est rien.

Il se savait coupable et craignait les réprimandes. Il aurait préféré que ça passe inaperçu. Difficile, à voir l'état du petit Maurice, depuis le haut jusqu'en bas. Surtout qu'il se redressait et, repoussant Rémi de ses mains boueuses, il hurla de plus belle :

— Maman ! Rémi m'a fait tomber !...

Clopin-clopant, il revint vers la maison, dégoulinant, maculé de boue. Sa mère secouait la tête sur le seuil :

— Ça devait arriver. Je vous avais dit de ne pas faire les fous.

— C'est Rémi.

— C'est toi que je vois ! Tu es beau...

Rémi n'avait pas bougé. Il s'était baissé pour ramasser les bonbons et les remettait un par un dans la poche après les avoir essuyés à son tablier.

Petit Maurice ne ressentit des lancements dans la jambe que le lendemain en se levant. Il éprouva un curieux engourdissement dans le genou, mais la sensation s'estompa pendant la journée.

Pourtant, le soir, sa mère remarqua qu'il boitait.

— Qu'est-ce que tu as ?

— J'ai mal.

— Où ça ?

— Au coup de pied que Rémi m'a donné.

— Fais voir.

Elle ne vit rien. Elle soupira, frotta. Petit Maurice grimaça. Elle n'en fit pas plus de cas.

Le lendemain matin, lorsque Maurice voulut s'appuyer sur sa jambe, il poussa un cri et retomba en arrière sur son lit. Il avait mal, très mal. Il était lardé de coups de couteau en remontant vers la cuisse.

Et pourtant ça ne semblait rien. Il n'avait derrière le genou qu'une écorchure bénigne de deux centimètres, aux lèvres fermées par une croûte, et un bleu plus large, qui le faisait hurler lorsqu'on y posait les doigts.

S'inquiéter ? Y avait-il de quoi ? Églantine sortit la bouteille d'eau de lys, un flacon d'eau-de-vie où trempaient des pétales. Elle en recueillit un et le posa sur la plaie. Elle embrassa son petit, remonta les couvertures et lui demanda de rester bien tranquille.

— Demain, tu seras guéri.

En fait le mal empira. Maurice gémit toute la nuit. Sa jambe le brûlait. Des éclairs de douleur la sillonnaient jusqu'à l'aine.

L'écorchure laissa couler un pus verdâtre. On la tamponna de vinaigre d'ail. Maurice pleurait. Le pus ne tarit pas.

Sicaut vint quand le petit avait déjà de la fièvre. Le bonhomme serra ses lèvres épaisses en examinant la jambe :

— Pourquoi ne m'avez-vous pas prévenu plus tôt ?

— On croyait que ce ne serait rien.

— Ah ! ma pauvre femme, vous croyiez... Vous devriez pourtant savoir qu'on ne peut croire en rien.

Il réfléchit, et il réclama brutalement, avec de l'autorité dans les yeux :

— Donnez-moi une cuvette.

Écartant le chemin de table en dentelle qui nappait le cerisier ciré, il sortit son matériel de sa sacoche. L'enfant vit luire l'acier des lames des ciseaux. Il planta les dents dans l'oreiller et hurla à travers la plume :

— Non, je ne veux pas. Maman !

— Je ne te ferai pas mal, tu verras. Après tu te sentiras beaucoup mieux.

Dans ces circonstances, les mots fleurissaient les lèvres de Sicaut comme par enchantement. Lui, d'ordinaire si peu bavard, trouvait des paroles et des gestes d'une surprenante douceur.

— Apportez aussi quatre ou cinq linges propres. Oui, des torchons... Vous en glissez un sous la jambe... Vous voudrez tenir la cuvette ? ... Non, ne vous en faites pas, ce ne sera pas douloureux, au contraire, il se sentira soulagé de tout ce pus qui lui gâte le corps... Tu vas être bientôt un homme, Maurice ! Est-ce que tu serais tenté de m'accompagner dans ma tournée en automobile un de ces prochains jours ? Je viendrais te chercher...

Il fendit l'hématome sur toute sa longueur.

Il avait raison, le petit n'en était quitte que pour la peur. Passé la douleur de l'incision, il ne souffrait pas, puisque le médecin travaillait des chairs mortes. Il l'écoutait lui détailler leur futur voyage tandis qu'il faisait gicler l'infection entre ses doigts. Il ne se plaignit qu'à l'application d'un coton trempé dans l'alcool pour nettoyer la plaie en profondeur.

Et, aussitôt après, il se sentit mieux. Son regard s'adoucit. Il se vit guéri.

— Je connais un galopin qui me trottera dans les jupes avant trois jours, lui dit sa mère en lui caressant la joue du tendre de l'index. Il ne saura déjà plus quoi faire de ses dix doigts.

— Et tu me diras ?

— Gratte-toi les jambes, ça fera de belles barres rouges.

Trois jours plus tard, il entreprenait le voyage dans l'automobile du médecin, mais il ne s'agissait pas d'une promenade. Sicaut le conduisait à l'hôpital, la jambe perdue, mangée de gangrène. On ne connaissait alors rien d'autre que de gratter, couper le membre infecté. Mais les médecins étaient pris de vitesse. Le mal était monté sur la fesse. Ils ne pouvaient pas amputer.

L'enfant se fana chaque jour davantage, comme une fleur dans un bocal dont l'eau verdit. La puanteur de sa chambre était insoutenable. Il fixait ses visiteurs de ses yeux pleins de fièvre et leur demandait :

— Ça sent mauvais, pas vrai ? C'est moi.

Il transpirait. Ses boucles collaient sur son front. Il voulait boire.

— Le docteur t'a demandé de boire le moins possible.

— J'ai tellement soif !

Les lèvres gerçurées, collées au bord du verre, il laissait des marques très grasses.

Il s'agrippait au poignet de sa mère, ou d'Armand, le regard suppliant :

— Ramène-moi à Malvoisine, maman ! Je ne veux pas rester dans leur hôpital. Je veux aller chez nous. Tonton, dans notre lit !...

Il mourut quand même à l'hôpital de La Roche parce que, si on l'avait ramené trop vite à la maison, sa mère n'aurait pas été remboursée.

Il avait six ans et quatre-vingt-deux jours.

La nouvelle de sa mort répandit un grand frisson sur le pays, une ombre comme il en glisse sous le soleil quand un nuage passe à ras de terre. Et la graine d'inquiétude semée par les autres malheurs s'épanouit dans les têtes ; elle développa des tiges dures aux feuilles épaisses qui répétèrent une sale musique.

Quelqu'un murmura dans son champ en chargeant un tombereau de citrouilles :

— Il a fallu que « ça » s'attaque au plus petit !

Et, sans qu'on sache comment, cette idée fit le tour de la commune. Qu'est-ce qui se cachait derrière « ça » ? On commençait vraiment à se demander s'il n'y avait pas quelqu'un par en dessous. Un mauvais sort était jeté sur la Malvoisine, et il la conduisait tout droit en terre.

Une foule innombrable accompagna le petit cercueil jusqu'au cimetière dans un silence redoutable. On évita de regarder ceux de Malvoisine qu'on craignait comme des morts debout.

On leur serra la main au bord de la tombe, et on rentra chez soi pour se laver les mains de la male bête. Les bistros du bourg avaient rarement vu si peu de monde à la sortie d'un enterrement.

6

Le Baptiste

Petit à petit, les histoires commencèrent à bouillotter au sujet de la Malvoisine.

L'un avait vu comme je vous vois, en conduisant ses vaches, une bête prendre son élan et sauter l'étang de Malvoisine sur toute sa longueur.

— Comment était cette bête ?

— Comme une bête. Je ne peux pas bien te dire. Ça s'est passé si vite. Je ne m'y attendais pas. Je gardais les vaches. L'Amoureuse a toujours envie d'aller promener sa langue ailleurs.

— Mais la bête ?

— Elle s'est levée au pied du vergne mort, entre les roseaux. Elle avait de hautes pattes comme un lièvre, et un museau très long, très pointu. Elle était efflanquée, couleur fauve, elle tournait la tête avec méfiance, en reniflant. Je l'ai prise d'abord pour un renard, puis un chien. Mais lorsque je l'ai vue s'élancer par-dessus l'étang, je me suis rendu compte que je n'avais jamais rencontré une saloperie pareille. Je n'étais pas le seul. Les vaches sont devenues folles.

Alors si les vaches... La bête se mit à cabrioler dans les têtes.

Un autre, en longeant le chemin de Malvoisine, avait aperçu une vieille marchant à grands pas entre les fayards. Il ne la connaissait pas pour être du pays. Elle portait un large capuchon qui lui cachait la figure. Elle chassait les pierres devant ses pieds avec la pointe de son bâton.

Il l'avait guettée, à la barrière, mais il n'y avait plus personne, le chemin était vide. La seconde d'avant, elle était là, à battre des talonnettes, à deux pas de lui. Le temps qu'il dépasse le fourré d'épines noires, elle s'était envolée. Il n'y avait plus que le vent qui roulait ses feuilles parmi les pierres.

Le troupeau d'un autre ne pouvait plus passer devant la Malvoisine sans prendre la mouche. Toutes ses vaches montaient leur queue en para-tonnerre sur leur échine et elles se sauvaient au grand galop aux cinq cents diables, comme si elles avaient été piquées par une peur panique.

Un autre avait son chien qui s'arrêtait et hurlait à la mort, la tête tournée vers la ferme.

— Ce pauvre Eugène, disait l'un, il a eu bien de la déveine. Pourquoi a-t-il pris sa charrette à bras l'après-midi de l'orage ?

— Et le grand valet, ajoutait l'autre, pourquoi est-il tombé sur la tête à huit gerbes de la fin ?

— Quant à ce pauvre petit Maurice ! Il ne lui a pas fallu grand-chose, un coup de pied a suffi, et hop ! Si chaque coup de pied devait tuer, il ne resterait pas grand monde !

— Vous ne me ferez pas croire que toutes ces affaires sont naturelles !

Quand ils approchaient de la Malvoisine, les

gens saluaient la croix de pierre avec dévotion.
Ils priaient le bon Dieu de les délivrer du mal.

Il ne fallait pas être grand clerc pour deviner
ce qui se chuchotait.

Armand, sensible à fleur de peau à cause de
son infirmité, le sentit le premier, et en fut bouleversé. Il le porta tout seul pendant des jours, et
essaya d'en démêler les fils. Il n'en trouva pas le
bout et s'en vint chez Paulo, le fils de Teckel, qui
tenait la ferme des Parpaillou à la Broue. Ils se
connaissaient depuis l'école. Ils étaient allés
ensemble au catéchisme et, mieux encore, étaient
camarades de communion. Armand pouvait parler en confiance, son copain ne lui dissimulerait
pas le fond de sa pensée.

Le vieux Teckel se trouvait là. Sa présence
n'était pas de trop.

— Qu'est-ce que tu veux qu'on te dise, brave
drôle ?...

Le vieux appelait drôles tous ceux qui se
situaient en dessous de cinquante ans.

— ... Il y a des moments où on se demande si
on n'a pas été mis sur la terre rien que pour en
baver.

Armand pleurait sans se retenir. De profonds
hoquets lui soulevaient la gorge. Ses pleurs gout-
taient sur la terre de la maison autour de lui.

— Croyez-vous, vous aussi, qu'il y ait quelqu'un
par-derrière ?

Paulo, aussi bien que Teckel, n'avait jamais cru
à ces sortes d'histoires.

— Il y a assez de saloperies naturellement,
sans avoir besoin d'aller chercher ailleurs les raisons de nos malheurs.

Pourtant ce fut Paulo qui suggéra Baptiste.

— Baptiste ?

— Oui, le traiteur de Saint-Marcellin. Il est fort, paraît-il. Il ne faut pas essayer de le rouler, il s'en aperçoit tout de suite. Il arrivera peut-être à savoir si des malveillants travaillent contre vous.

Armand prit son vélo et pédala jusqu'à Saint-Marcellin.

Le Baptiste était un vieil original, vivant tout seul dans une ferme héritée de sa mère. Il était rond comme un tonneau. On se demandait où il prenait son gras. Car, s'il s'occupait de son estomac comme de sa maison, il devait connaître davantage de vendredis que de dimanches !

On a peine à imaginer le désordre de cette ferme.

Il était impossible de trouver un endroit où poser les pieds dans sa cour. Il fallait sauter d'un pied sur l'autre pour enjamber une vieille charrue renversée, et se dresser sur ses ergots à cause du fumier de cochon égrené par les poules et les canards jusque devant le seuil. Tout un bric-à-brac de caisses, de fil de fer, de vieux pots de chambre, de pelles, pioches courait partout. Et puis il y avait la meute des chiens : sept lévriers noir et blanc faisant leur niche de tout, inutiles à Baptiste qui ne chassait pas. Méchants comme la peste, ils s'accrochaient aux culottes et gueulaient sur les visiteurs tous à la fois.

Mais ce n'était qu'une mise en condition avant de suffoquer dans la maison. Car si le grand air ventilait dehors, à l'intérieur on se gâtait le nez dans l'inventaire.

Sitôt le seuil et barrant le passage, un couple

de jambons pendait au plafond, à demi mangés, oubliés là depuis de longs mois. Une montagne de sacs de phosphate s'étalaient sous eux : rangés sous la table, ils avaient peu à peu gagné l'espace. La cendre d'une année dans la cheminée avait suivi l'exemple et s'était éboulée sur le plancher. Un chauffe-pieds attendait devant la cuisinière, un chaudron charbonné trônait dans le fauteuil Voltaire, qui en avait vu d'autres puisque la chienne Mirza y avait mis bas. Des flacons, des bouteilles de toutes formes et de toutes contenances traînaient sur le buffet, et sur la table un entassement de journaux jaunissait, repoussé d'un revers de main pour libérer la place où poser une assiette et des verres.

Le tout était bien sûr régulièrement fréquenté par les araignées, les souris et les rats, compagnons habituels du Baptiste qui avait vu Armand poser son vélo à l'entrée de sa cour et l'attendait sur le seuil, fessant les chiens, et torchant ses moustaches jaunes avec sa manche.

— Bonjour, mon gars ! lui dit-il d'une voix de chantre, psalmodiant les paroles sur un ton monotone, et baissant en fin de phrase. Qu'est-ce qui t'amène à Saint-Marcellin ?

Armand raconte ses misères.

Baptiste s'est assis sur le fauteuil Voltaire dont il essuie le charbon avec ses fonds de culotte. Les ressorts pleurent. Armand se tient sur une chaise. Baptiste montre qu'il écoute en secouant la tête. Il se racle la gorge d'un rââ d'entendement à intervalles réguliers.

Quand Armand a fini, le bonhomme déplace

ses ressorts, et gratte sous sa chemise de ses ongles noirs.

— Ah, mon gars ! Je te l'aurais guéri, ton Eugène, si tu étais venu me voir ! Il n'y a pas un mois, on est venu me trouver pour un jeune du Querry-Pigeon. Il avait piqué ses bœufs toute la matinée. À midi, il s'arrête pour collationner, en nage, sans prendre soin de se couvrir. Il s'installe à l'ombre à côté de son panier et se couche pour un somme. Quand il s'éveille, il est glacé jusqu'à la moelle. Il veut reprendre ses bêtes, malgré tout. Il ne peut plus marcher. Il est trempé de sueur au soleil ; à l'ombre, il grelotte. Alors il rentre à la maison. Il n'a même plus la force d'ôter le joug. Il tombe dans son lit, et monte le thermomètre jusqu'en haut.

« Sa famille a appelé le médecin, qui leur a dit d'attendre que le mal soit déclaré. S'ils avaient attendu, probable que le jeune gars serait aujourd'hui en terre.

« — Va voir Baptiste, papa, va voir Baptiste, qu'il a dit à son père, ou je suis perdu !

« Son père est venu, et je me suis occupé de lui. Je lui ai fait mettre un crapaud dans une chausse à ses pieds. Il a rendu son mal. Il a changé cinq fois sa chemise trempée. Les femmes tisonnaient un grand feu dans la cheminée pour avoir du sec à lui mettre sur le dos. Huit jours après, il reconduisait ses bœufs où il les avait arrêtés.

« Râââ. Maintenant, tu voudrais que je te dise s'il y a un mauvais sort sur votre ferme ? Je ne peux pas. Je ne suis pas sorcier. Je traite. Je fais ce que je peux pour soulager ceux qui me le demandent. Je crois que je saurais lire dans le marc de café. Mais je ne veux pas me lancer dans ces sortes de trafic.

Baptiste sort son bras de dessous sa chemise où il a fourragé tout le temps de son discours. Il se frotte un œil à se l'écraser. Il retorche ses moustaches en s'avançant sur le nez du fauteuil.

Les coudes sur les cuisses, et son gros poing blanc sous le menton :

— Si c'est vrai que vous êtes enjominés, je connais un moyen plus efficace que de l'eau bénite pour enlever cette saloperie.

Armand s'approche.

— Avez-vous des chèvres ?

— Oui.

— Il faudrait une blanche pour que ce soit bien.

— On en a une. Mais c'est la mère de tout le lot, et elle n'est pas à bout...

— Encore mieux, une bonne mère. Tu la conduis, le premier soir de la jeune lune, devant la porte de la maison et tu la saignes.

— La saigner !

— Tu la saignes, oui !

L'œil de Baptiste fauche Armand, coupable d'un mouvement de recul.

— Tu es libre, si tu ne le veux pas, mais il ne fallait pas venir !... Tu la piques, pas trop pour qu'elle tienne encore sur ses jambes et arrose la terre de son sang pendant que tu la promènes autour de la maison. Tu fermes le rond. Attention à ne pas laisser de passages par où quelqu'un pourrait s'infiltrer. Et tu t'embusques avec ton fusil, et tu tires sur tout ce qui bouge jusqu'aux premiers rayons du soleil...

Armand l'a remercié.

Baptiste le regarde partir en murmurant : « Pô p'tit fi de garce ! »

Au soir de la jeune lune, il était prêt. Le couteau. Le fusil. Les cartouches.

Blanchette renâclait à sortir du toit. Elle ne comprenait pas. D'habitude c'était l'heure de grande tranquillité, le moment où elle broutait du bout des dents le foin de sa crèche. Elle faisait sa toilette. Elle léchait son pis noir entre ses pattes, attendait le sommeil.

Elle refusa de se lever. Armand la tira par le collier, et elle montra les cornes.

— Je sais bien, ma pauvre vieille, que c'est pas des manières... s'excusa-t-il. Seulement il faut y passer. Tu nous as toujours été de service, tu nous as réussi de belles portées. Tu étais gourmande d'herbe sucrée, et ton lait en avait le goût. Petit Maurice accourait pour mettre le nez dans le seau et boire tout chaud quand tu étais juste tirée. Ça lui réussissait. Il poussait, devenait beau...

La chèvre l'écoutait. À mesure qu'il lui parlait, elle s'amollissait, se laissait séduire. Elle oubliait son entêtement de chèvre, et se dressait sur ses pattes.

Elle écarta celles de derrière, releva la courte virgule de sa queue, et lâcha un épais jet d'urine qui moussa sur la litière. Armand la conduisit dans la cour, dansant à côté de lui qui brinquebalait sur ses hanches désemmanchées. Le croissant de la jeune lune lessivait le poil de Blanchette. On aurait dit une bête lumineuse.

Il lui parlait encore :

— Tu ne sentiras rien, tu verras. Ce sera comme si tu t'endormais. Oui, tu t'endormiras, et ça se passera pendant ce temps-là. Tu ne te rendras compte de rien.

Vit-elle luire la lame ? Il fit semblant de lui cajoler la joue de la main gauche. Il cherchait l'endroit. Il n'était pas un apprenti. C'était sa charge de tuer les cochons et les moutons de la Malvoisine.

La pointe s'enfonça parmi les poils, et elle perça la veine. Le sang jaillit, lorsqu'il la retira, aussi violent que la pissée joyeuse de la chèvre dans la litière.

Armand n'attendit pas, et il s'élança pour faire le tour de la maison.

Baptiste avait parlé comme un livre. Refermer le cercle, sans doute, mais quand tu as une enfilade de bâtiments comme ceux de la Malvoisine, il faut que la bête puisse tenir.

Elle n'était pas arrivée à mi-chemin qu'elle flageolait sur ses pattes. Elle fléchit une première fois de l'avant. Armand la tira et, bravement, elle se releva.

Elle tomba une deuxième fois, de tout son long, les pattes écartées. Elle repartit encore, battant la terre de ses sabots noirs, se demandant quel vin fort elle avait pu boire, sans s'apercevoir qu'elle le versait au-dehors.

À la troisième fois, elle resta clouée. Alors il fallut la traîner. Ses cornes labouraient la terre. Son corps traçait un chemin.

— Si c'est pas une honte !

Il l'entendit râler.

Quand il eut rejoint la porte, elle était morte. Ses pattes tremblaient encore, c'étaient les nerfs qui se relâchaient. Le sang coulait de la plaie au compte-gouttes. Armand manœuvra la patte en quelques moulinets, pour achever de la vider complètement. Il n'en sortit pas plus d'un verre de liqueur.

Armand ramassa son couteau abandonné par terre, et l'essuya sur l'échine de Blanchette.

La nuit était claire. Tous les yeux des étoiles étaient grands ouverts. Le ciel clignotait aux mille battements de leurs paupières. Seule la lune avait le regard fixe. Pincé sur le côté, son œil unique versait de la crème.

Armand avait pris le guet dans le noir de la porte de l'écurie. Il tenait dans sa mire toute la façade de la Malvoisine. La chèvre blanche était ramassée en bouchon devant le seuil. Rien ne bougeait, que la brume qui frottait les murs de ses grandes ailes silencieuses. Quelquefois il levait son fusil, et puis, réalisant qu'il ne crèverait que quelques gouttes, il le reposait.

Il n'avait pas l'heure. Il ne la prenait que le dimanche, comme un bijou, fixé à sa bouton-nière. Le jour, c'était facile : il comptait avec le soleil. La nuit, il écoutait battre le silence, vide comme une pierre, attendant à sonner le clairon de la lumière.

Il finit par s'asseoir. Ses hanches lui permet-taient, mieux que n'importe qui, de se poser confortablement en ciseau. Il appuya la joue sur le battant qui sentait le carbonyle, la gorge étran-glée par le bouton de sa vareuse. Et il dormit les yeux ouverts.

Quand une ombre passait, le rond de son œil retrouvait son aplomb, et il regardait.

Par quatre fois, il sortit comme ça de son sommeil et épaula son fusil. Quatre coups hérissèrent le poil de la nuit. Deux sur les tuiles, où le plomb crépita. Deux en pleine terre.

Au matin, le grand-père ouvrit en disant :
— Ne fais pas le jacques, c'est moi...
Ils allèrent ramasser les victimes.

Il y avait une fouine, avec du sang dans la gueule, le sien ou celui d'une de ses proies, un chat noir et blanc qu'ils ne connaissaient pas, une chouette couchée sur les tuiles, une aile grande ouverte, le chien jaune de François Brouti de la Broue.

Ils descendirent la chouette du toit avec un aiguillon, et examinèrent les bêtes de la pointe d'un bâton.

— Savoir si le mal était dans l'un de ceux-là ?

Armand retourna leur chien aux Brouti, leur expliquant Baptiste et sa nuit de garde. François, le père, n'en prit pas ombrage, comprenant qu'Armand avait sorti son fusil pour se défendre.

Le grand-père aida Armand à creuser un trou profond, où ils jetèrent les cadavres, Blanchette par-dessus, qu'ils chargèrent de pierre, pour que pas une bête, pas un chien ne vienne y fouiller.

7

La tante

La Malvoisine était devenue un tombeau.
Aucune voix n'y chantait. On ne s'y parlait qu'à
voix basse. Les volets n'étaient plus ouverts qu'en
tuile. La tante et Églantine se glissaient par la
porte, et se dépêchaient de la refermer dans leur
dos.

Il n'y avait qu'Armand à marcher encore, parce
qu'il espérait dans ses salamalecs.

Deux valets s'y étaient usés en trois mois. Les
gars n'avaient pas supporté de baigner tous les
jours dans ce trou de misère.

Et puis, la nuit de Noël, ce fut le tour de la
tante.

Cette femme avait toujours été effacée. Elle
était restée célibataire sans trop savoir pourquoi.
Elle avait pourtant été demandée en mariage
deux fois. Et la seconde par un beau grand gars
fils unique d'une ferme de propriétaire. Tout le
monde, à Malvoisine, l'avait poussée pour qu'elle
accepte. Elle n'avait dit ni oui ni non, et ça ne
s'était pas fait. Elle ne détestait pas les hommes,
mais elle n'en éprouvait pas le besoin. Elle n'en

avait pas l'appétit. Elle avait même plutôt l'impression qu'elle serait encombrée d'un de ces grands corps. Ils lui faisaient peur.

Dès toute petite, elle avait semblé avoir un pied ailleurs. Passé les quelques fêtes de sa jeunesse où on l'avait remarquée, elle y avait mis les deux pieds. Elle avait tiré ses cheveux en un chignon sévère, et les avait emprisonnés dans une résille. Elle avait pris le deuil de sa mère et ne l'avait plus quitté.

À trente ans, elle était grise. De la moustache lui poussa, et du poil au menton. Elle se confit en dévotion.

Elle ne connaissait d'autre horizon que la Malvoisine, les messes du dimanche à la Poirière, les foires de La Roche. Elle ne s'évada qu'une fois, à l'occasion d'un voyage paroissial pour un pèlerinage auprès de la petite Thérèse de Lisieux.

Ça suffisait à peupler ses rêves. Elle avait rapporté de son voyage une statue de la sainte sur un piédestal de roses, qu'elle avait posée sur sa table de nuit, entre le crucifix et la Vierge. Elle se tournait vers cette trinité pour ses prières.

Quand elle se sentit touchée par le microbe pris à Eugène, elle n'éprouva aucune crainte. Au contraire.

Elle n'avait été toute sa vie que la modeste servante de la Malvoisine. Le bon Dieu lui accordait maintenant la grâce de la maladie. Elle le remercia de lui permettre de devenir à son tour bienfaitrice de l'humanité, à l'image de sa sainte préférée, et elle offrit ses souffrances pour le rachat des péchés des hommes.

Elle atteignit la sérénité. Son visage rond s'allongea. Son regard terne s'enflamma. Il brûla d'une flamme ardente, préfiguration des lumières du paradis. Chaque quinte de toux, chaque crachat dans son mouchoir monta tout droit au ciel pour faire contrepoids à toutes les méchancetés. Elle rendait grâce en reprenant son souffle.

Lorsque le grand-père insista pour qu'elle prenne rendez-vous avec Sicaut, ne serait-ce que pour atténuer ses douleurs, elle regarda son frère droit dans les yeux avec une autorité qu'il ne lui connaissait pas :

— De quoi t'occupes-tu ? Je suis assez grande. Ton Sicaut est incapable de me guérir. Ma souffrance est à moi, et je suis libre d'en faire ce que je veux. Pour une fois que je peux servir à quelque chose !...

Elle acheva dans une quinte, et quitta son frère pour se préoccuper des choses du ciel. Après tout, c'était l'œuvre de sa vie. Le grand-père n'allait pas la lui retirer alors qu'elle la tenait à pleines mains.

Quand elle ne réussit plus à descendre de son lit, elle éprouva une grande joie.

Elle installa la cuvette en émail auprès de son oreiller, et elle y cracha ses poumons, miette à miette, à chaque fois plus torturée, plus asphyxiée, répétant les paroles de son modèle : « J'ai mal ! Tant mieux ! » Ses statues étaient couchées à côté. Elle les contemplait à longueur de jour et de nuit : les roses des pieds de Thérèse étaient, en effet, lumineuses, et leurs pétales ne s'éteignaient qu'avec le jour. Son chapelet entre ses doigts entretenait sur ses lèvres un mouvement perpétuel.

Elle ne priait pas pour elle. Elle n'en avait pas

besoin. Elle avait consacré son existence aux autres : à son père et à sa mère lorsqu'ils étaient devenus vieux ; à Églantine et Armand, les enfants de son frère ; à son frère, lorsqu'il avait perdu sa femme, Armantine ; au petit Maurice... Elle récitait un « Je vous salue Marie » pour Eugène, un « Je vous salue » pour Maurice, un pour le grand valet, un pour les vivants, un pour les âmes du purgatoire. Il n'y avait pas assez de grains à son chapelet pour faire le tour des intentions de prières.

Elle avait dit, huit jours plus tôt :

— Vous verrez que je partirai la nuit de Noël, le bon Dieu ne me refusera pas la joie de me prendre avec lui la nuit de sa venue sur la terre. Je veux être de la fête, là-haut.

Elle était désormais blanche comme un cierge, et un courant d'air aurait suffi pour l'éteindre.

Elle passa sans qu'ils s'en rendissent compte.

Ils étaient assis au bord du lit, à veiller, comme ils le faisaient à présent, sans un mot, sans même une bricole pour occuper leurs mains. La nuit était douce pour une nuit de Noël. Il ne gelait pas. Le vent ne soufflait pas. Quelques gouttes de brume peinaient à arriver jusqu'à terre. Le feu mourait dans la cheminée.

Après souper, ils s'étaient approchés d'elle. Elle avait souri.

— Je penserai à vous, là-haut.

Elle était tellement sûre de partir.

Elle s'endormit, une heure. Elle fut réveillée par une quinte, qui la déchira. Le grand-père voulut se redresser. Elle l'arrêta de la main.

— Ça va.

Elle retrouva son souffle.

Elle les regarda les uns après les autres avec amour. Elle tourna les yeux vers ses chères statues, en promenant la langue sur ses lèvres sèches. Elle baissa les paupières, et la lumière d'un sourire ondula sur ses joues.

Elle s'éteignit. Elle était morte.

Ils se levèrent, la contemplèrent. Ils se rendirent compte, à ce moment-là, combien elle avait changé. Elle n'était plus la petite vieille, blette et ronde, à la chair en sucre douceâtre des jours de bonne santé. En maigrissant, elle s'était raffermie. Ses os avaient levé sa peau. Ses lèvres étaient troussées par un sourire étrange.

Elle semblait une statue tournée en dedans.

Des transformations aussi remarquables arrivent parfois. Des gens qui n'attiraient pas l'attention de leur vivant, parce qu'ils avaient la figure de tout le monde, prennent un visage en mourant.

La tante n'avait jamais été aussi belle.

Ceux de la Broue ne furent pas étonnés d'apprendre la nouvelle. Les autres non plus. Ils étaient persuadés que, maintenant que l'affaire était engagée, elle irait jusqu'au bout.

Comment ? Ils craignaient que le plus dur ne fût pas passé. Et comme ça venait de frapper pour la quatrième fois, ils tremblaient de peur que tout à coup ça se trompe de cible. Ils encourageaient à se tenir à l'abri et ne pas se placer sous un arbre, pour ne pas provoquer le tonnerre.

Ils restèrent chez eux le jour de l'enterrement, prétextant l'âge de la tante et le travail.

L'église n'était pas à moitié pleine.

8

Églantine

Ils n'avaient été que deux de Malvoisine à
suivre le cercueil. Le grand-père était d'une rai-
deur à faire peur, et Armand, près de lui, avait du
mal à arracher ses jambes. Églantine était restée
enfermée à la maison, parce qu'elle toussait
aussi, mais surtout parce qu'on craignait un scandale.

Elle paraissait capable de tout depuis la mort
du petit Maurice. Elle n'était pas dans son état
normal. Elle ne mangeait plus, ne dormait plus,
n'avait plus d'appétit à vivre. Elle dépérissait.

Son mal à l'âme aurait suffi à la tuer. Elle n'avait
pas manqué, de plus, d'attraper la tuberculose de
son mari en couchant près de lui. Elle toussait
comme la tante, crachait, mais elle ne connaissait
pas le paradis, elle vivait l'enfer.

Sicaut pouvait toujours la droguer, il n'avait
aucun espoir de rémission. Il savait qu'il faut le
soleil pour aider un traitement, du bon air et une
terre saine. Églantine était enfoncée dans le bour-
bier du malheur. Elle coulait comme une grappe
qui perd ses grains. Elle avait pourtant connu une

époque de beaux fruits, prometteurs de vendange superbe.

Tous ceux qui l'ont vue, à l'époque de ses amours avec Eugène, s'en souviennent. Elle n'était pas une gamine effrontée. D'ailleurs, si elle en avait eu l'envie, son père et sa mère auraient eu tôt fait d'y mettre le holà.

Elle était belle, et elle le savait. Et elle refusait de se plier aux coutumes de l'époque : dire merci à celui qui la prenait, et ne pas compter plus, au bout de quelques mois, qu'une potiche sur la cheminée. Elle exigeait pour elle la liberté de choisir.

Ses yeux verts comme de l'herbe le disaient à ceux qui l'approchaient. Un méchant courant d'air dans ses prunelles leur signifiait clairement qu'ils lui déplaisaient. Ce fut Eugène, parce que ce fut Eugène. Il y en avait de plus titrés, de plus riches. Eugène était orphelin, élevé par sa grand-mère.

Églantine aima Eugène. Eugène aima Églantine. Peut-on dire les choses plus nettement ? Son père et sa mère l'habillèrent en mariée et la conduisirent à l'église où elle prit le bras d'Eugène.

Elle ravissait l'œil, couronnée de fleurs d'oranger. Elle était d'une taille supérieure à la moyenne dans le bocage. Elle était fine. Sa poitrine gonflait sa robe, pommée comme des choux bien durs. Ses lèvres rouges s'ourlaient sur une peau de soie. Ses cheveux noirs frisaient, épais comme du crin.

Elle fit don de toutes ces beautés à Eugène. Il les prit dans ses mains avec une ferveur éblouie. Il les entoura, les caressa, les enveloppa. Elle le tira vers elle. Ils apprirent à marcher ensemble.

Ils caracolèrent bien vite, l'écume sur le dos, en poussant des hennissements joyeux. Ils disposaient heureusement de la grange, du pailler ou des champs, sinon ils auraient scandalisé la tante qui couchait avec eux dans la cuisine.

Ces exercices répétés mirent rapidement le petit en route. À l'époque, les jeunes ne maîtrisaient pas le parcours de la graine. Ils semaient. La germination et la croissance de la semence tenaient en partie du mystère.

Églantine était étroite de hanches. Elle porta son petit en avant comme un gros œuf qu'elle soulageait en le soulevant de ses deux mains. La sage-femme manifesta quelque inquiétude pour l'accouchement.

Les premières douleurs prirent Églantine par une vilaine nuit de février. Il neigeait. La neige est particulièrement rare dans les provinces du bord de l'Océan. Elle perturbe toutes les activités. Elle laisse les gens plus désemparés qu'émerveillés.

Les premiers flocons étaient apparus avec la tombée de la nuit. Ils glissèrent lentement, sans but, comme des abeilles égarées. Le vent les poussa dans le noir, les activa, les charria par rafales, les jeta sur les murs et les arbres qu'ils enveloppèrent de coton.

Armand, âgé alors de vingt-deux ans, partit chercher la sage-femme, puisqu'il n'était pas d'un grand secours ailleurs. La couche de neige atteignait vingt centimètres, quarante dans les combes.

Coquette n'appréciait pas. Elle éternuait, secouait le col, comme si les flocons avaient été poivrés. Ses sabots et les roues de la carriole semblaient chaussés de feutre.

La sage-femme n'apprécia guère d'être réveillée à cette heure, par ce froid. Cette petite bonne femme, pas plus grande qu'un jarret de poule, était pleine de corne et d'ongles. Elle réajusta son bonnet de laine en grognant entre ses lèvres pincées comme un trait :

— A-t-on idée de mettre au monde par un temps pareil !

Les guides gelaient les doigts d'Armand :

— Ce n'est pas ma faute, se défendit-il, ni la sienne sans doute, c'est la nature qui décide...

Elle grogna :

— La nature, elle a bon dos !... Elles sont toutes pareilles ! On dirait qu'elles le font exprès.

La flamme de la bougie, derrière la vitre de la lanterne, ouvrait une étroite fenêtre jaune dans la nuit.

La sage-femme entra dans la maison en ordre de bataille. Églantine gémissait.

— Ce n'est pas le moment de pleurnicher, ma fille. Tu as profité des bons moments. Tout se paye. Tu auras tout oublié sitôt la naissance du petit, et tu seras prête à recommencer !

Elle l'examina.

— Mais le travail est à peine commencé ! Tu es une douillette. Tu aurais pu me laisser dormir jusqu'au petit jour.

— J'ai mal.

— Vous verrez qu'elle n'accouchera pas avant demain. Elle nous fera veiller tout le reste de la nuit.

En effet. Le petit matin congestionné sortit de son lit de neige, et Églantine n'avait pas fait son enfant. Elle souffrait toujours.

La sage-femme se décida à entreprendre les grandes manœuvres. Elle parla moins. Ses gestes secs prirent de l'autorité.

— Vous me faites mal ! se plaignit Églantine.

— Il le faut, mon petit, il le faut.

Églantine poussait en hurlant, à s'en décrocher la luette.

— Je l'ai ! Je l'ai ! disait la sage-femme. Encore, encore !

Elle voyait poindre dans le passage une touffe de cheveux noirs. Églantine, tout d'un coup, lâchait prise, à bout de souffle. La petite tête engagée reculait.

À midi, tout le monde fut à bout, l'une de pousser, l'autre de l'entendre et d'espérer. La sage-femme appela Eugène et la tante. Elle les installa de chaque côté d'Églantine en leur demandant d'appuyer sur le ventre, au-dessus de l'œuf, de toute la force de leurs poings.

Ils pressèrent, pendant que la sage-femme ouvrait autant qu'elle le pouvait. L'opération réussit. Propulsée par les quatre poings réunis, la tête gicla, aussitôt suivie par les épaules. L'enfant n'avait pas encore sorti les jambes qu'il poussait ses premiers cris.

— C'est un garçon !... Enfin, le voilà, notre bonhomme de neige ! Tu as de la voix. Tu te rattrapes, tu avais envie de parler depuis un moment ! Comment l'appelez-vous ?

— Maurice.

Églantine était vide. Il ne lui restait plus d'énergie. Le bébé en passant avait causé des

dégâts. Par la pression des poings et les tiraille-
ments de la sage-femme, les chairs avaient cédé,
et Églantine était déchirée. Il n'y avait pas
d'autre solution. Mais il allait désormais falloir
attendre que les chairs se ressoudent. Les sages-
femmes, à l'époque, ne recousaient pas.

Églantine resta presque un mois sur son lit
sans bouger. Le plus pénible était de satisfaire le
besoin naturel d'uriner. L'acidité la brûlait et
ravivait la plaie. Églantine évitait de boire autant
qu'elle le pouvait, et elle faisait, couchée, dans
une bouteille.

Mais elle avait une santé de fer. Ses seins
avaient doublé. Petit Maurice profitait. Il n'arrivait pas à la tarir. Elle tirait le lait qui restait, et le
vendait pour les mères qui en manquaient.

Un après-midi, à l'heure de la mariennée, elle
entraîna Eugène lui soufflant :

— Tu m'emmènes aux champs ?

C'était leur langage à eux pour exprimer leur
désir d'isolement et des plaisirs de l'amour. Eugène
emmena souvent Églantine « aux champs ».
Cependant, plus jamais la graine ne prit. L'accouchement difficile de Maurice avait peut-être
dérangé quelque chose. Ça ne les empêchait pas
de se repaître l'un de l'autre, heureux de l'enfant
qu'ils avaient.

Ils ne voyaient pas le bout de leur bonheur.

Églantine fit un scandale le dernier soir de
veillée mortuaire de la tante.

La tante Louise était enfermée dans son cercueil en compagnie de ses statues et de son

chapelet. La croix mortuaire était posée sur sa boîte, avec une couronne de perles portant l'inscription « À notre tante », offerte par Armand et, Églantine. Le brin de buis de la dernière fête des Rameaux trempait dans une assiette. Il avait déjà servi pour les autres morts. Tous les visiteurs qui entraient s'emparaient du rameau, aspergeaient le cercueil en chasse-mouche, faisant pleurer le chêne verni, stationnaient quelques secondes, les mains croisées sur le ventre, et se reculaient dans l'ombre.

La famille occupait les premières chaises, muette, levant un œil de reconnaissance du côté des amis qui étaient venus.

Certains ne restaient qu'un moment, debout, et se sauvaient après un dernier coup d'eau bénite. D'habitude ils s'avançaient pour serrer la main aux hommes, embrasser les femmes et les plaindre. Là, ils ne s'embarrassaient pas de cérémonie : ils détournaient la tête et prenaient la porte.

Quelques-uns avaient quand même tiré une chaise et tenu compagnie plus longtemps à la morte et aux siens.

Elles arrivèrent toutes trois ensemble, traînant leurs savates, qu'elles écrasaient de tout leur poids.

Le curé de la Poirière, qui se piquait de ses études gréco-latines, les avait baptisées « les trois grasses ». C'étaient en effet des monuments de chair, des cascades de graisse serrées dans les sarraus, des bras, des cous, des cuisses débordant de lard. C'étaient aussi, à elles trois, les plus mauvaises langues de la commune.

Elles n'avaient jamais mis les pieds à la Malvoisine. Mais elles frissonnaient du désir d'aller y renifler les récentes odeurs de soufre. La nouvelle de la mort de la tante les combla d'aise. Elles se regroupèrent et prirent leur bâton de pèlerin.

Les deux kilomètres cinq cents de côte ne les effrayaient pas. La curiosité les tirait.

Elles entrèrent l'une derrière l'autre. Leur foulard de tête serrait les barbillons de leurs joues.

Elles se plantèrent devant le cercueil, les yeux dévotement baissés. Puis l'une, soulevant une paupière, repéra les chaises disponibles. Elle soupira, donnant aux autres le signal de s'asseoir.

La première sortit son mouchoir et se moucha. La deuxième avala sa salive qu'on entendit descendre par cascades dans son gosier. La troisième soupira, le nez de ses savates piqué entre les pieds de sa chaise :

— Quelle misère !

Les commères hochèrent la tête, les bras croisés sous leurs lourdes poitrines :

— Quand le malheur frappe à une porte...

— On sait par où il entre...

— On ne sait pas comment il sortira.

Elles laissaient des temps morts entre leurs réflexions, pour juger de l'effet sur leurs auditeurs. Elles se préparaient à poser leurs questions : « Comment est-elle passée ? » « Vous ne trouvez pas cette hécatombe anormale ? », « Votre petit Maurice était trop mignon... »

Elles les posèrent.

Églantine se consumait depuis des semaines en révolte contenue qu'elle transformait en prières du côté de ses défunts. Mais à entendre ces trois vieilles se repaître de sa douleur, la colère grossissait dans sa poitrine. Sa gorge se nouait.

Tout le monde pleurait au refrain de leurs jérémiades. Elle gardait l'œil sec. Elles voulaient du soufre, elles allaient en avoir. Il fallait bien crever l'abcès.

Parmi les sanglots et les lamentations, le rire âcre d'Églantine porta un coup à tous les mouchoirs.

— Ah ! vieilles pies, nos histoires vous amusent ! S'il n'y avait pas des misérables comme nous, vous ne sauriez pas quoi faire !

Les trois grasses bâillaient du bec. Les autres baissaient le nez.

Le rire d'Églantine s'éleva plus mordant encore.

— Comment la tante a fini ? Et vous ? Savez-vous comment vous finirez ? Toutes seules, sur votre paillasse. Personne ne vous pleurera. On dira : « Ça fait toujours bien une vipère de moins ! »

Les bonnes femmes suffoquèrent à ce nom de vipère. Elles ramenèrent leurs pieds devant elles et se soulevèrent. Dans la précipitation, une chaise tomba.

Elles se ruèrent sur la porte, dans un froissement de sarraus. Mais elles durent attendre, la porte n'étant pas assez large pour les laisser passer de front. Et elles entendirent encore :

— Vous ne l'emporterez pas en paradis : il n'y a pas de chaises à deux places là-haut !

La dernière se retourna, et cracha à l'assistance :

— Maison de fous !

Elle était cramoisie.

Pendant le silence qui suivit, ils furent nombreux à penser qu'Églantine était touchée par la folie. Ils partageaient son avis au sujet des « trois grasses », et, même, ils n'étaient pas fâchés qu'elle leur eût jeté leur vérité à la figure. Mais quand on est sensé, on ne dit pas aux gens des choses semblables, même avérées.

Désormais Églantine ne décoléra pas.

Elle maigrissait toujours. On se demandait ce qui la faisait encore marcher. Jusque-là, elle avait vécu de l'amour, de ses parents, des siens, de la Malvoisine. Elle avait été entourée lorsqu'elle était petite, Eugène avait pris le relais, petit Maurice était entré dans leur cercle. Sa colère la portait à présent. Quand Sicaut arrivait, elle le recevait avec des persiflages :

— Alors, docteur, combien en avez-vous tués aujourd'hui ?

Le médecin levait sur elle ses paupières rouges :

— C'est fragile, savez-vous, la vie d'un homme...

— Et vous n'avez pas les mains assez délicates...

Il accusait le coup. Elle continuait :

— Si vous croyez faire un miracle avec moi, vous êtes encore bien naïf !

Il prenait sa tension. Il avait sous les doigts une peau desséchée et le bois cassant des os. Aussi il restait aimable, et ne réagissait pas à sa colère.

— Nous ne sommes pas des faiseurs de miracles, mais si vous l'aviez voulu, vous seriez allée dans ce sanatorium, sur la côte...

— Entre les mains des bonnes sœurs et d'autres médecins ! Non, merci, l'expérience a assez duré. J'aime mieux finir chez moi, dans mon trou de misère !

La belle Églantine n'était plus que l'ombre d'elle-même. Elle se savait laide lorsqu'elle montrait ainsi les dents. Elle en rajoutait, portait la main à sa bouche et vomissait le sang.

— Tu vois que tu te fais du mal, à te mettre dans des états pareils !

Elle se retournait contre le grand-père qu'elle fustigeait :

— Vous, père, on dirait que ça vous est égal, tout ça. Vous avez le cuir si dur que ça vous glisse dessus.

Le vieux haussait les épaules.

Elle recevait aussi le curé avec les honneurs de la guerre. Du temps de la tante, il se trouvait à la Malvoisine comme le sucre dans une bonbonnière. Il y arrivait maintenant comme un chien dans un jeu de quilles. Dès qu'il apparaissait au bout de la cour, elle lançait :

— Tiens, voilà la consolation du pécheur, du malade et des agonisants !

Le père curé, dont le ventre emplissait la soutane, en avait entendu d'autres. Il finissait d'entrer.

— Le bon Dieu doit être devenu sourd. Qu'en dites-vous, monsieur le curé, de tout ce qui nous tombe dessus ? Ça ne vous inquiète pas ? Expliquez-moi un peu la bonté de Dieu ! On a dû commettre de bien gros péchés pour être punis ainsi. À moins qu'on paye pour les autres ?

Le curé détournait la tête à cause de la contagion, grimaçait avec un soupir de compassion. Il enlevait son béret et le posait sur la table.

Églantine tint ainsi jusqu'au début d'avril. Elle ne poussa aucun sanglot, aucune plainte. Elle resta toujours grinçante, pointue, méchante.

Et puis elle s'adoucit, du jour au lendemain. C'était le signe de la fin.

Elle ne résista pas longtemps. Elle défaiait toutes les lois médicales depuis tant de semaines. Les larmes retrouvèrent le lit de ses yeux. Elle glissa sous sa chemise la photo d'Eugène et de Maurice.

Elle demanda au curé, en le fixant de ses beaux yeux verts :

— Vous croyez que je les reverrai ?

— Ils sont au bord de votre lit, ils vous tendent les bras.

Et puis elle ne parla plus.

9

Le François

Le village de la Broue était monté en fer à cheval sur la route de La Roche à la Poirière, quelques centaines de mètres en dessous de la Malvoisine. C'était un grand village aux maisons disposées en rond autour d'une cour commune.

À la première jambe du fer à cheval, presque au bord de la route, on trouvait la maison de la mère Betchu, une petite bâtisse d'une pièce, appuyée au tronc d'un figuier. Après venaient les bâtiments des Jaunet. Leur grenier était percé de lucarnes rondes cerclées de briques.

La ferme des Parpaillou et du vieux Teckel occupait la première courbe du fer à cheval. Celle du grand Valentin Brocheteau la seconde. Celle de François Brouti fermait la deuxième jambe, en revenant sur la route.

Tous les paillers étaient regroupés, dos à dos, dans la cour. Toutes les vaches passaient par là, tous les tombereaux, tous les visiteurs. La Broue était située sur un plateau, et tous les derrières des maisons donnaient sur un contrebas où tournait ce qu'ils appelaient la rivière, rien de plus qu'un ruisseau, à sec pendant l'été, sauf dans les trous qu'on vidait de leurs anguilles avec les seaux. Tous avaient tourné des jardins au bord. Il y venait des artichauts énormes, de pleins paniers de petits pois, des tomates à foison.

Ils étaient donc vingt-neuf, à la Broue, à vivre dans la même cour. Ils s'entendaient aussi bien que possible quand on est tout le temps ensemble, avec des mots. Ils savaient que la mère Betchu était curieuse des autres comme une vieille pie. Dès les premiers beaux jours, elle sortait sa chaise sous son figuier, et elle épiait la route et la cour. Ils reconnaissaient que tous les Parpaillou avaient la tête de pioche du grand-père, que François Brouti était soupe au lait. Ils étaient habitués. C'était leur vie.

L'existence commune prenait mauvaise tournure généralement lorsque les hommes et les femmes étaient réunis. Les femmes poussaient les hommes. Les hommes en disaient plus qu'ils n'auraient dû. On séparait les sexes autant qu'on pouvait : les hommes avec les hommes, les femmes avec les femmes.

Les hommes se retrouvaient à la cave, où les femmes n'avaient pas l'autorisation de mettre les pieds. Les femmes prenaient le café à la cuisine. Quand l'un des deux disait :

— Tu sais ce que les Jaunet, ou les Parpaillou...

L'autre répondait :

— Arrangez-vous de vos histoires ensemble, ça ne me regarde pas.

Et l'affaire était réglée.

Seuls les gosses ne faisaient pas la distinction de genre. Mais ils vieillissaient vite !...

Le puits était le centre incontesté du village.

On n'avait pas à la Broue, et pour cause, l'esprit de clocher, mais on avait l'esprit de puits. Son mur rond et son toit de tuiles rouges étaient visibles de toutes les maisons. Le puits sonnait l'heure, quand la chaîne courait sur la poulie : si c'était la Mathilde, il était midi, la Jeannette midi et demi, sans compter les sonneries inattendues quand on avait besoin de plus d'eau qu'à l'habitude.

Le père Brocheteau avait taillé un avion à hélices dans du frêne, et l'avait monté sur le puits. Sa création avait contenté tout le village : les petits rêvaient devant le moulin des hélices, les grands, toujours à regarder le ciel, s'autorisaient des pronostics sur le temps à partir de cette girouette.

Le puits était donc le moyeu de leur roue, et rien ne se passait dans le village qu'il n'ait vu ou entendu. Tout comme le beurre, chacun y gardait son cœur au frais.

Un après-midi, à l'heure de la soupe, Armand bifurqua pour s'y désaltérer. L'affaire était entendue depuis des générations : l'eau de la Malvoisine et celle de la Broue étaient mises en partage. On pouvait tirer tout aussi bien ici que là-bas, sans demander la permission à personne.

Armand ne s'attendait pas à ce qui allait lui arriver. Il aurait pu tout aussi bien boire chez lui, puisqu'il n'était pas loin. Seulement la force de l'habitude, et les quelques mètres de côte à monter...

Il s'arrête, appuie sa bêche contre le mur et lance le seau dans le puits. Les dégoulinements de l'eau lui durcissent les glandes tandis qu'il tire sur la chaîne. Il approche les lèvres du bord du seau, lorsqu'une voix :

— Eh, dis donc, toi là-bas !

Comme si on ne le connaissait pas pour l'appeler par son nom. C'est François Brouti. Il est en gilet de flanelle. Il a chaud, lui aussi. À première vue, il ne paie pas de mine, plutôt petit, le ventre soulagé par sa ceinture, il n'a pas l'air bien dangereux. Mais il est noir comme un grillon. Et ce n'est pas seulement l'effet du grand air. Ses cheveux ne montrent pas un fil clair, et ses yeux sont des boules de charbon.

Armand a dû mal entendre. Il hésite et se remet au seau.

— Eh ! toi, tu ne te fous pas du monde, des fois ?

Cette fois Armand repose son seau, et voit Brouti s'avancer vers lui. Il ne rit pas le François, il a un mauvais pli entre les yeux.

Armand ne comprend pas. Qu'est-ce qu'il a pu faire pour provoquer sa colère de la sorte ? Il attend, appuyé sur une jambe, les explications de son voisin.

— Tu ne vas pas salir notre eau, à présent ?

Alors il a l'impression de recevoir une gifle. Ces paroles lui tombent dessus. Il a la peste. Ils ont peur du pestiféré. Il en a les jambes coupées.

Il voudrait répondre, mais les mots ne viennent pas. Il adresse à François un regard de chien battu et passe devant lui.

Il s'en va.

Sa bosse est lourde sur son dos. Il se déhanche plus que jamais.

François ramasse le seau et le vide à côté du puits.

— Et ne t'avise pas de revenir nous mettre tes saloperies, ça pourrait tourner mal !

Tout le monde a assisté à la scène, puisqu'il est midi, et que tous sont assis sur les bancs autour de leur table, tous sauf les Parpaillou, partis à la noce d'un neveu à la Bretinière. Personne n'a levé le petit doigt, par crainte du François. D'ailleurs, sans oser se le dire, ils sont un peu d'accord avec lui. Oui, ils aiment bien Armand qui est un bon gars. Ils n'ont rien contre lui. Mais il faut comprendre. Si tout d'un coup, sans le savoir — François est allé trop loin en l'accusant de le faire exprès —, il avait le mauvais mal, et qu'il en contaminait le village ?... Est-ce qu'on est coupable parce qu'on protège les siens ?

Ils ne devaient pas se souvenir du surnom d'Armand, longtemps appelé « Trompe-la-mort ».

Gamin, Armand était rachitique. Il avait marché plus tard que les autres, à cause de ses hanches. À cinq ans, il avait perdu toutes ses dents. La malnutrition n'épargnait que les plus résistants. Le pot de haricots, qui ne bougeait pas du coin du feu, constituait la base de l'alimentation, avec les navets et les choux, calés de pain. Quand, les dimanches, on faisait baigner dans le jus un bout de couenne, c'était la fête dans les assiettes creuses.

À six ans, un abcès s'était mis à enfler dans sa gorge. L'enfant étouffait. Le médecin avait diagnostiqué un phlegmon, et il ne savait pas quoi y faire. Armand délirait. On le considérait déjà comme perdu. Sa mère avait sorti ses belles hardes au pied de son lit, et allumé le cierge. Chaque moment pouvait être le dernier, quand, par hasard, le vétérinaire était passé à la maison examiner les bêtes et avait entendu le gosse râler dans son lit.

— Essayez donc un cataplasme de graines de lin, ça pourrait crever l'abcès.

Deux heures après, l'abcès s'ouvrait. Armand retrouvait son souffle. Il était sauvé.

C'est pourquoi, en le revoyant sur ses jambes, le vétérinaire l'avait appelé Trompe-la-mort. Le nom lui était resté.

La mère Betchu guetta le retour de noce des Parpaillou jusqu'au milieu de la nuit. Elle connaissait l'amitié du vieux Teckel et de Paulo pour ceux de la Malvoisine. Elle se doutait que la petite guerre de Brouti ne leur conviendrait pas.

Ils n'avaient pas ouvert leur porte qu'elle enfila son sarrau sur sa chemise, serra les liens de son tablier de devant.

— Si vous aviez été là, ce tantôt... commença-t-elle.

Seulement ils n'y étaient pas.

— Et personne n'a pris la défense de ce pauvre Armand ? interrogea Paulo.

— Personne.

— Pas même vous ?

— Moi ? Qu'est-ce que vous voulez que dise une pauvre vieille comme moi ? Qu'est-ce que je représente ?

Paulo serra les poings. Il avait bu plus que de raison à la noce.

— Je vais lui enseigner à vivre, à ce malappris !

Il voulait réveiller François pour s'expliquer avec lui tout de suite. Sa femme le retint, Teckel aussi, devenu plus modéré sur la boisson avec l'âge.

— On verra demain. Avec le jour, les choses paraissent autrement.

Le lendemain matin, le vieux montait à Malvoisine.

Il n'y était pas retourné depuis la mort d'Églantine, et il fut frappé, en sortant du chemin, par l'aspect de désolation de la cour.

Les deux hommes n'avaient pas essayé de réembaucher de nouveau valet. Ils avaient gardé la paire de bœufs, trois vaches et Coquette. Tout le reste du cheptel était parti d'un coup chez le marchand. Armand avait coupé le cou aux trois quarts des poules, saigné les lapins et les deux cochons, n'épargnant que la truie qui était pleine. Ce qui restait suffisait à les occuper tous les deux.

Bien entendu, il avait décloué l'écriteau de pâtes « La Lune » de la porte de la boulangerie qui gardait la trace d'un rectangle de peinture plus foncé. Il avait conservé une réserve d'huile, de sel, de sucre, de pétrole, et le grossiste était venu reprendre tout le reste.

La porte était ouverte. Il y avait du monde. Teckel frappa le bois avec son bâton et entra sans attendre la réponse.

Le pépé était assis à sa table en train de manger sa soupe. Avait-il vieilli ? À cet âge, les coups de patte de la vie ne se comptent plus. Il demanda à Teckel s'il désirait une assiettée. Teckel essuya sa moustache et déclara que, ma foi, ce n'était pas de refus. Il n'avait pas grand-faim, mais il ne voulait pas paraître méprisant.

Ils tiraient la soupe de la cuiller, du bout des lèvres en suçant, et, quand elle avait glissé dans la bouche, ils mâchaient lentement avec les gencives : il ne leur restait plus que des chicots.

— Elle est bonne, cette soupe.

— Oui.

— C'est toi qui l'as faite ?

— Oui.

Le grand-père avait changé : il ne parlait pratiquement plus. Il n'avait jamais été un grand bavard de nature mais, lorsqu'il retrouvait son vieux copain Teckel, il avait toujours quelque chose à raconter. Ce matin-là, il restait muet. Il fallait lui tirer les vers du nez.

Teckel fit claquer sa langue une deuxième fois.

— Alors, c'est toi qui cuisines ?

— Oui, je suis devenu la femme de la maison.

Le grand-père poussa la bouteille de rouge vers Teckel pour qu'il lave son assiette. Teckel versa la valeur d'un verre, promena le vin sur les bords, et fourra le tout sous ses moustaches. Il aspira la dernière goutte et se retourna. Il cherchait quelque chose, ou quelqu'un. Il n'avait pas volé son surnom.

— Il n'est pas là, Armand ?

— Non. Il est parti ce matin, à la première heure. Pourquoi ?

— Parce que... Tu l'as vu, hier après-midi ? Comment était-il ? Il ne t'a rien dit ?

— Rien. Qu'est-il arrivé ?

— Pas grand-chose. Une histoire avec François Brouti.

Le pépé ne chercha pas à savoir de quoi il s'agissait. Il enregistra la commission de Teckel :

— Dis à Armand de ne pas se soucier des

réflexions de Brouti. Ce François, à certains moments, damnerait mère et monde, si on ne le retenait pas. On s'en occupe. Les gens de la Broue règlent les problèmes de la Broue.

La mère Betchu guetta le passage d'Armand devant la Broue. Elle était une honnête femme, et se reprochait sans cesse de n'être pas intervenue devant le puits. Elle n'en dormait plus, se répétant sans indulgence :

— Tu es fine, Betchu ! À ton âge, tu n'es pas capable de prendre la défense d'un malheureux enfant qui n'a rien fait de mal ! À quoi tu sers ? Ce n'est pas la peine d'avoir vécu si longtemps pour te conduire si honteusement !

Elle voulait se racheter coûte que coûte. Aussi, lorsqu'elle l'aperçut, tournant la tête de l'autre côté, son sang ne fit qu'un tour. Elle l'appela.

Elle crut qu'il n'allait pas l'entendre. Elle l'appela plus fort :

— Armand !

Il ne voulait pas l'entendre. Elle ajouta :

— Mon petit gars !

Alors il tourna la tête. Elle lui adressait de grands signes du bras.

— Viens donc par là, une minute, tu as bien le temps !

Il hésita. Elle insista, debout, dans l'ombre de son figuier :

— Tu prendras bien un café !

Il se décida. Elle rachetait l'affaire de l'eau par du café. Mais la maligne fit d'une pierre deux coups. Elle sortit de son armoire la bouteille d'eau bénite du curé en disant :

— Tu mettras une petite goutte d'eau-de-vie dans ton café.

Armand n'était pas un buveur. Elle insista et, sans attendre de réponse, versa à discrétion. Elle était persuadée qu'il n'y avait aucune diablerie en Armand. Mais elle voulait le vérifier elle-même, pour en administrer la preuve à ses commères.

Armand ne se douta de rien. Il supposa que l'eau-de-vie de la bonne femme était éventée. Elle ne perdit pas un de ses gestes pendant qu'il buvait. Lui se demandait pourquoi elle le dévorait ainsi des yeux. Pensant que c'était à cause du puits, il dit :

— J'y ai réfléchi depuis. François avait raison. Il ne faut pas que je me mélange aux gens d'ici pour leur apporter ma déveine. C'est assez que ce soit chez nous...

Il finit de ramasser le sucre avec sa cuiller au fond de sa tasse. Rien ne s'était passé : il n'avait pas sauté au plafond, pas pris ses jambes à son cou, pas craché les feux de l'enfer.

La mère Betchu éclata de rire, radieuse. Elle prit la tête d'Armand entre ses vieilles mains et lui frotta gentiment les joues. Armand s'inquiéta de ce qui arrivait. Décidément, la seule qui lui tendait la main était un peu toquée.

10

Armand

À partir de ces jours, Armand se mit à fuir le monde.

Dès qu'il apercevait quelqu'un au loin, il changeait de chemin. Ça pouvait être aussi bien les Parpaillou qui lui couraient après, il se sauvait à toutes jambes, en s'arrachant les hanches.

Un soir, il entendit le vieux Teckel, venu voir le pépé. Il se cacha dans la grange en attendant son départ. Son cœur battait à tout casser. Il serrait son poing dessus pour le calmer, sans résultat.

Il avait peur, sans trop savoir pourquoi. Il ne pouvait plus supporter personne. Une sorte de folie d'animal sauvage s'était emparée de sa cervelle meurtrie. Il avait peur surtout de lire sa disgrâce dans le regard des autres et d'entendre à nouveau des paroles de condamnation semblables à celles de François Brouti.

Il savait pourtant que Paulo, la mère Betchu et beaucoup d'autres ne lui voulaient pas de mal, au contraire. Il se le disait lorsqu'il était seul. Quand ils apparaissaient, c'était plus fort que lui, c'était comme un coup de fouet et il détalait.

Il ne se sentait en sécurité que tassé à l'abri,

dans un coin d'ombre. Il reprenait son souffle, attendait parfois la noirceur pour s'en dénicher.

Toujours aux aguets, il délaissait son travail, préférant rester à la maison, tranquille pendant la journée, et sortir à la nuit tombée.

Il avait passé un temps infini au coin du feu, à regarder bouillir le café, examinant ensuite le marc pour y lire des signes. Il avait cherché dans les livres, fait tourner les clés sur son missel de communion.

Il sortit un après-midi, en pleine chaleur, sans crainte de rencontrer quelqu'un : à cette heure-là, tout le monde était allongé pour la sieste. Il fila à travers champs jusqu'à la gîte de châtaigniers qui dégringolait le coteau. Il savait qu'il y trouverait ce qu'il cherchait, il y avait suffisamment fait de bois au cours des années passées.

En effet, il y était à peine entré qu'il vit une vipère s'enfoncer entre les racines d'une souche.

Bon. Il sortit d'abord son couteau pour couper un bâton en forme de fourche.

Il en coinça une qui se dorait au soleil, endormie sur le talus de la lisière. Il appuya les deux pions de la fourche pour qu'ils s'enfoncent en terre et gardent la bête prisonnière.

Après il prépara un feu, avec du petit bois et des fougères. Il n'était pas un incendiaire. Il avait choisi un endroit net, où le feu ne risquait pas de se propager. Il creusa même un sillon dans la terre de bruyère, pour cercler son brûlot. D'ailleurs, il n'avait pas besoin d'un grand feu.

Il retourna chercher sa bête qui l'attendait, tortillant des reins pour se libérer. C'était une vipère aspic, une rouge, qui siffla en l'apcrcevant. Elle leva son museau retroussé et montra les dents. Il en eut froid dans le dos. D'habitude, il ne s'amusait pas avec ces bêtes-là.

Pourtant il se baissa et empoigna la queue. Il ressentit avec dégoût dans tout son corps les soubresauts de la vipère froide comme la mort, malgré son exposition au soleil. Il frissonna, mais serra le poing de plus belle pendant qu'il déracinait lentement la fourche.

Il laissa tomber la vipère au fond de sa casserole, où elle s'enroula en collier, l'emprisonna sous son couvercle et la porta sur le feu.

Savoir si ça allait marcher ?

Il avait proprement nettoyé l'endroit où il était pour ne pas se laisser surprendre. Il s'accroupit, et commença à guetter.

La fumée noircissait le fond de la casserole. Les flammes y peinturaient des langues rousses. Il crut d'abord que c'était raté, parce qu'il n'entendait rien.

Il n'avait pas compris. Il n'avait pas besoin d'entendre, lui, pourvu qu'elles l'entendent. Et elles n'étaient pas sourdes.

Elles arrivaient, appelées par la vipère qui cuisait.

Il en vit une serpenter parmi les feuilles mortes.

Puis quatre. Leurs yeux dorés luisaient dans l'ombre du sous-bois, les écailles frémissaient.

Puis dix. À croire que toutes les vipères de la gîte allaient répondre à son rendez-vous.

Ça suffisait comme ça. Il libéra la prisonnière et interrompit l'expérience. Surtout qu'elles devenaient entreprenantes. Il en éreinta une avec son bâton, trop proche de ses jambes.

Il passa la soirée avec son marteau et ses pointes, à fabriquer une boîte, et repartit au bois le lendemain à la même heure, le bâton-fourche à la main. La casserole tambourinait dans la caisse en bandoulière.

Il recommença la même opération, au même endroit. Seulement, au lieu de regarder venir les vipères et de les laisser repartir, il les cueillait.

Il avait enfermé ses mollets dans des guêtres de cuir noir, pour se protéger des morsures. Les premières lui avaient mis encore de l'électricité dans le corps, et puis il avait pris le coup. Il enfourchait derrière la tête triangulaire, et ramassait par la queue courte, avec autant de tranquillité désormais que s'il avait déposé des châtaignes dans un panier, en prenant garde aux piquants.

À la fin de sa première récolte, il en compta dix-huit dans sa boîte, en paquet palpitant, tout en muscles bandés, qui dressait dix têtes à la fois.

Il les chargea sur son échine et revint vers la Malvoisine. Il entra dans la cour, y coucha sa caisse, baissa le couvercle, et allez donc, sale engeance, sortez vous promener ! Les vipères ne se firent pas prier. Elles glissèrent dans la poussière, à la recherche d'un trou où se nicher.

Armand recommença le lendemain à l'autre extrémité de la gîte. Il en récolta autant. Et plus loin encore.

Ses allées et venues ne mirent pas longtemps à être connues à la Broue, en particulier à cause de la fumée de ses feux. On le suivit à pas de loup, malgré la sieste, et on découvrit son manège avec des yeux agrandis par l'effroi.

Le François Brouti n'eut pas grand mal à faire

reconnaître aux Jaunet et aux Brocheteau qu'il avait eu du flair en chassant Armand de la Broue. Armand avait inventé de bonnes raisons pour expliquer son entreprise. Il se disait que le mauvais sort y réfléchirait à plusieurs fois avant de se présenter à la Malvoisine. Il s'avouait moins l'autre motif, tout aussi décisif : cette présence en arrêterait d'autres qu'il connaissait, qu'il redoutait davantage que les vipères.

Après huit jours à ce régime, ça grouillait aux heures de plein soleil. Il en avait ramené une bonne centaine. Même un diable avait intérêt à regarder où il posait les pieds.

Pourtant le François Brouti continuait de lui trotter dans la tête. Armand, bon caractère, avait un gros défaut : la rancune. Quand une arête restait coincée dans son gosier, il était difficile de l'en décrocher. Armand mordait sa langue, à la faire saigner, et plus le temps passait, plus il avait envie de mordre.

Depuis que l'autre l'avait chassé comme un malpropre, des pensées haineuses lui gâtaient l'esprit.

— Pauvre merde ! Pauvre merde ! grondait-il à l'intention de Brouti.

Ça lui donna sa première idée.

Il descendit à la Broue un matin, à la première heure, c'est-à-dire sur les trois heures. Normalement, il ne devait pas rencontrer âme qui bouge. Il le vérifia en faisant le tour du village. Même les chiens étaient durs d'oreille. La nuit était noire.

Alors il s'approcha de la maison du François et se déculotta sur son seuil. Il ne se retint pas. Il avait l'impression que ses tripes riaient pendant qu'il les vidait sur le seuil de briques.

— Quand il verra ça devant sa porte, probable qu'il chantera une autre chanson !

Il sortit une page du journal agricole qu'il avait serrée dans sa poche et s'essuya soigneusement.

Il regrettait de ne pas être là quand l'autre sortirait. Il entendit un ronflement derrière la porte, et s'imagina que c'était lui.

— Tu ronfleras autrement tout à l'heure !

Il recouvrit le tout d'un vieux chapeau qu'il tira de sa vareuse et ricana à l'idée de Brouti décoiffant cet oiseau. Il se rhabilla. Il était temps de rentrer. Leur chien l'avait reniflé et remuait dans son tonneau. Heureusement qu'ils se connaissaient de vieille date !

Son seul regret était de ne pas signer son forfait. Brouti le soupçonnerait, probablement. Il ne pourrait rien affirmer. Dans un sens, c'était bon de le laisser mariner dans le doute, il y perdrait un peu de sa belle assurance.

Armand attendit une quinzaine, et redescendit à la Broue avant l'aurore.

Cette fois il avait décidé d'agir à visage découvert. Il portait sous son bras une grande boîte en ferraille rouge et jaune de bouillon Kub. C'était une manière d'indiquer l'épicerie de la Malvoisine. Il se doutait qu'on avait éventé depuis longtemps ses courses à la vipère. Tout se savait dans les campagnes. Raison de plus pour en remplir sa boîte.

Il la déposa à l'emplacement même où il avait laissé son chapeau. La boîte était pleine à ras bord !

François examina la boîte avec précaution, la renifla, l'écouta. Il sortit son couteau pour en faire sauter le couvercle et hurla :

— Un bâton ! Vite, un bâton !

Il avait jeté la boîte dans la cour. Les vipères endormies s'y répandaient lentement. Il les tua toutes au moins dix fois, les éventra, les piétina, leur écrasa la tête. Armand aurait été là, il lui aurait fait subir le même sort.

Toute la Broue était accourue, ameutée par ses hurlements furieux. Les petits étaient encore vêtus de leur chemise de nuit.

— Le salaud, il voulait me faire mordre !

Bien fait si elles te mordent, avait pensé Armand, tu auras au moins une bonne raison de cracher du venin.

Les chiens promenaient leurs museaux sur les victimes éventrées. On les avait chassés une première fois pour vérifier qu'elles étaient bien mortes. Les mouches aussi arrivaient à la rescousse.

— Vous voulez encore le défendre ? demanda François Brouti aux Parpaillou. C'est un fou dangereux à enfermer tout de suite. Il y a quinze jours, il venait faire ses cochonneries devant ma porte. Passe encore, ça n'a jamais tué personne.

Les autres échangèrent des regards entendus et rirent dans leur barbe.

— Maintenant il me menace clairement. Je vous le dis, qu'il n'y revienne pas, vous pourrez lui faire la commission, il n'y aura pas de pardon ! Je lui ferai avaler sa bosse !

Deux ou trois jours plus tard, à peine, Armand monta à sa vigne. Il osait encore sortir pour elle.

Il la soignait comme un jardin. C'était le dernier bout de terre auquel il tenait. Elle était située sur le sommet d'une côte, plantée dans la pierre, un granit feuilleté qui s'en allait en miettes sous la charrue. Seule de la vigne pouvait y pousser, et des ajoncs.

Cela donnait un petit vin acide et fort à vous lever la chair de poule. Le blanc surtout y prospérait, un cépage de « folle » qui n'avait rien à envier au muscadet les bonnes années. Les rangs dégringolaient plein sud, profitant des longues journées de soleil. Ils penchaient vers la Malvoisine, qu'ils ne voyaient pas, séparés d'elle par deux vallons, et les mille arbres qui enfermaient les prés et les champs guère plus grands que le mouchoir à carreaux du grand-père.

Le temps était orageux, le ciel blanc comme de la craie. Armand taillait les broches trop vives, les relevait sur les fils de fer. Il suait sous son chapeau.

Il s'arrêta un moment à l'ombre de la haie, et c'est alors qu'il la vit. Sa première impulsion fut de prendre ses jambes à son cou. Il resta quand il vit qu'elle dormait.

Elle était là, couchée à deux pas, derrière la haie, d'où elle gardait les vaches. Elle dormait à poings fermés comme une enfant. Peu à peu la panique d'homme traqué s'effaça du visage d'Armand. Elle fit place à de la douceur. Les pattes-d'oie s'évanouirent sur ses tempes. Il oublia tout, en la regardant.

Oh ! il la connaissait. Ce n'était pas une étrangère, mais c'était la première fois qu'il la voyait comme ça. Une fille, les yeux fermés, c'est comme si ça t'était donné : elle ne dit rien, elle se contente d'être là, aussi belle que tout ce qu'on a pu rêver. Il se régalait, et ça lui donnait plus chaud que le soleil. Il retrouvait le goût d'un bonheur qu'il ne croyait plus possible. Il chercha son prénom, s'en souvint, se le murmura comme un bonbon : Odile...

C'était une fille fruit, un peu ronde, enveloppée dans une peau blanche rosissante. Ses narines palpitaient doucement au rythme de son souffle. Il remarqua deux perles de sueur dans le duvet blond au bord de sa lèvre.

Une mouche se posa sur sa main repliée contre son ventre, et commença à remonter le bras. Armand monta avec elle. Quand il revint à son visage, Odile ne dormait plus.

Il esquissa le mouvement de fuir, ses traits se durcirent. Et ce fut elle qui le retint, sans un geste, sans un mot, rien qu'avec ses yeux qui se resserrèrent pleins de douceur.

Ils restèrent comme ça, et elle l'encouragea à la confiance, rien qu'avec ses yeux. Elle passa la langue sur ses lèvres. Il mordit la sienne. L'aile d'un sourire les effleura en même temps.

Armand dit alors, parce que ça ne pouvait pas s'éterniser plus longtemps :

— Bon, il faut que je reprenne mon ouvrage.

Ça n'avait guère duré plus d'une minute.

Il fit semblant d'être occupé, pourtant il la vit se lever, s'asseoir, sortir son canevas et ses cotons de couleur.

Il acheva son travail avant la fin de la soirée, continua à passer dans les rangs, attachant des broches qui n'en avaient pas besoin, en défaisant d'autres pour les rattacher après. Elle rassembla

ses bêtes et lui porta un coup au cœur quand,
avant d'ouvrir la barrière, elle leva la main :

— Je m'en vais. Au revoir !

Il faillit regarder derrière lui pour s'assurer
qu'il ne se trompait pas d'adresse. Il leva la main
lui aussi, timidement.

Il rentra chez lui transformé, fou de bonheur
et de crainte.

Il croyait ne jamais connaître ça, même avant
leurs malheurs, à cause de ses hanches et de son
dos déformés. Il était convaincu que ce bonheur
n'était pas pour lui. Il en souffrait mais, c'était
son lot, la nature l'avait lâché ainsi.

Il se reprocha de se bercer d'illusions. Il prenait ses rêves pour la réalité. Pourtant c'était plus
fort que lui, le nom d'Odile lui venait aux lèvres,
et il le répétait avec ravissement : Odile ! Odile !
C'est un mot soyeux et chaud, on n'imagine pas
à quel point après tant de jours de désespoir.

Il savoura ce miel deux jours et deux nuits, et
s'éveilla avec un seul désir : la revoir.

Il battit les champs et ne la trouva pas. Il souf-
frit plus encore que par le passé, d'avoir
entr'aperçu le paradis. Il crut l'avoir perdue. Il
ne la retrouvait même pas dans sa tête. Le buis-
son, oui, le soleil, la mouche sur son bras. Mais le
visage d'Odile, la lumière de ses yeux, les perles
de sueur au bord de sa lèvre s'étaient évanouis.
Et il ne lui restait plus qu'un décor de théâtre
vide.

Le lendemain, elle se tenait dans le pré pointu
au bord de la rivière. Il n'osa pas descendre

jusqu'à elle, il s'installa en haut du pré dans sa position favorite, en ciseau.

Le chien noir d'Odile, Loulou, tourna autour de lui. Armand le caressa entre les deux oreilles, se laissa lécher les mains, le renvoya à sa maîtresse. Elle monta alors vers lui, après avoir plié son canevas dans son panier, et lui demanda en riant :

— Qu'est-ce que tu fais tout seul sur cette butte, à mâcher un brin d'herbe ?

Il crut qu'elle se moquait. Mais elle rajouta aussitôt :

— Tu pouvais descendre auprès de moi, pour me tenir compagnie.

Elle tendit la main, lui toucha le bras :

— De quoi as-tu peur ? lui demanda-t-elle.

Elle le contempla, ravie. Ses lèvres bougèrent :

— Tu es beau ! lui dit-elle.

Il croyait ne jamais entendre de telles paroles. Il la regarda d'un air étonné, et émerveillé. Une coulée de feu délicieuse sinuait dans sa poitrine. Il aida Odile à rassembler ses vaches pour les ramener vers l'étable.

Ils prirent l'habitude de se retrouver dans les pâturages. Armand continuait de se dissimuler. Il longeait prudemment les haies, les sens aux aguets. Odile ne le voyait pas venir, et tout à coup il surgissait de terre, comme un farfadet. Elle sursautait, souriait.

— Toi, alors ! disait-elle, la main sur la poitrine.

Elle avait déjà dans la main un bouquet de fleurs déposé pour elle par Armand à la barrière. Elle y enfonçait son visage. Son cœur à elle battait aussi, agréablement. C'était étrange, et même incroyable, parfaitement impossible, car elle s'appelait Odile Brouti : Odile était la fille de François Brouti ! Comment diable pouvait-elle s'attacher à lui, après ce qui était arrivé ?

Elle ne se l'expliquait pas elle-même. Elle savait qu'il avait une allure de canard, et une bosse dans le dos. Elle avait conscience de sa taille de nabot. Elle le connaissait depuis l'école, et elle se rappelait que, déjà, elle éprouvait de la sympathie pour lui. Peut-être de la pitié ? Il était dans la classe du certificat d'études, elle dans celle des petits. Elle le revoyait nettement : elle était assise sur un banc sous le préau, et il jouait aux quatre coins dans la poussière avec des cailloux.

Ses traits n'avaient pas changé. Ils s'étaient à la fois appuyés et affinés. Le nez droit avait creusé sa racine dans les arcades, la lèvre avait les bords plus aigus, la pierre du menton saillait carrée. Ce qui l'impressionnait sans doute en lui alors, mais bien plus aujourd'hui, c'était cet air de force paisible qu'il tenait de son père. Il était un homme, pour sûr, et pas un homme au rabais, malgré les handicaps de ses infirmités. Il avait même quelque chose de plus. Il semblait plus délicat auprès des autres taillés d'une seule pièce, comme un roc. La conscience de sa difformité avait aiguisé chez lui une sensibilité inhabituelle.

Elle se faisait ces réflexions depuis l'après-midi où elle s'était réveillée sous son regard dans le pâturage près de la vigne. Auparavant, Odile ne lui avait pas prêté d'intérêt particulier.

Elle avait cru à ce qu'on racontait au sujet de la male bête, les sorciers, la patte du diable sur la

Malvoisine. Elle avait assisté à la sortie de son père, le jour où Armand avait voulu boire au seau. Elle préparait le manger avec sa mère, et elle avait été choquée de se trouver dans le camp de ceux qui sortent des bâtons pour chasser les malades. Une image de son livre d'histoire de France lui était venue à l'esprit : celle des lépreux agitant leur clochette à l'entrée des villages. Elle avait eu honte.

Elle avait ri, oui franchement ri, lorsqu'elle avait vu son père dans la porte, le chapeau à la main. Elle avait d'ailleurs failli le prendre dans la figure, et avait été chargée du nettoyage pour sa peine.

Elle avait douloureusement compris Armand pour les vipères et ne l'avait pas condamné pour la boîte de bouillon Kub.

Armand essaya d'évoquer tous ces événements :

— Odile, si ton père...

Elle l'interrompit :

— T'occupe pas de mon père. Lui, ce qu'il pense, ça m'est complètement égal !

11

Odile

Un soir, à table, un de ces soirs où elle avait apporté un bouquet, qu'elle avait mis dans un vase sur un guéridon, son frère se moqua d'elle :

— D'où ramènes-tu ces fleurs, petite sœur ? Tu fleuris la maison en ce moment...

Toute la tablée se tourna vers elle, avec du rire entre les dents. Elle rougit, eut honte. Puis elle eut honte de sa honte. Elle redressa la tête et fit front. Mais son frère continuait :

— Mon petit doigt me dit quel est celui qui laisse des bouquets à l'anneau de la barrière...

Les fourchettes et les couteaux restèrent en suspens. On oubliait de manger, parce qu'on sentait qu'il allait se passer quelque chose.

Le frère et la sœur se mesurèrent un moment, face à face, dans le silence, comme deux coqs qui se jettent un défi. Le frère attaqua, griffes en avant :

— Ce n'est pas un costaud des pattes de derrière, ton oiseau...

Odile devenait toute blanche. Elle croisait les bras sur sa poitrine.

— ... Il serait d'une variété de canards que je

n'en serais pas surpris. Il a du mal à rouler sa bosse !...

On n'entendit plus que les grincements de son rire. Tout le monde regardait Odile, cloué de stupeur. Et elle ne cillait pas, les yeux fixes dans ceux de son frère.

Alors la voix du père s'éleva, calme d'abord, puis sonnante de vibrations contenues :

— C'est vrai, ce qu'il nous dit là ?

Le frère ricana :

— Plutôt ! Ils étaient ensemble, pas plus tard que tout à l'heure, et j'ai vu l'oiseau lui parler à l'oreille.

— Toi, je ne t'ai rien demandé ! l'interrompit le père.

Et il reposa à Odile la même question.

Tous les regards la suppliaient. Tous souhaitaient qu'elle dise non, que ce n'était pas vrai, qu'elle mente même s'il le fallait. Odile n'eut pas un tremblement. Elle abandonna les yeux de son frère et se tourna vers son père. Ses lèvres blanches bougèrent :

— Oui, c'est vrai.

Alors le père se dressa, comme soulevé de terre. Il enjamba le banc et marcha derrière la table, les poings serrés :

— Ce n'est pas Dieu possible ! Dites-moi que ce n'est pas Dieu possible ! C'est notre mort que tu veux, imbécile ! Tu n'as pas compris qu'il est contaminé. Il est pourri jusqu'à la moelle et je ne lui donne pas long...

— Tout ça, c'est des histoires...

— Tiens ! Tu me diras si c'en est une, ça !

Son bras partit, et la gifle claqua. La tête d'Odile tourna sous le choc, mais elle ne broncha pas.

Elle reprit sa position, droite, raide, les yeux secs. Un peu de sang coulait au bord de sa lèvre.

La petite dernière cria : « Papa ! » parce qu'elle n'aurait jamais pensé que sa grande sœur puisse être corrigée. Elle se mit à pleurer, et quitta sa place en regardant sa mère.

La mère avait serré les mains autour de sa gorge. Elle reçut la petite dans ses bras, et la blottit contre sa poitrine, les larmes aux yeux. Elle s'attendait à ce qui allait suivre, et ça ne manqua pas. François Brouti se tourna vers elle, et la prit à partie :

— Braille donc, toi, maintenant ! Vas-y, donne-lui raison, pendant que tu y es ! Dis que je suis une brute, et que je torture mes gosses...

La petite cria plus fort. Brouti cogna du poing sur la table. Les assiettes sautèrent.

— Voilà un salaud qui fait les pires saloperies sur notre seuil, il porte la mort, il est laid comme un pou, et je dois encourager ma fille à le prendre par le cou. Ma parole, il vous a tous enjominés !

Il promena son regard sur la famille autour de la table. Tous baissaient la tête. Même le frère pliait l'échine, regrettant à présent d'avoir parlé. Seule, Odile continuait à regarder son père, droite, les bras croisés. Il était blanc lui aussi. Sa barbe noire le mangeait jusque sous les yeux. La colère l'enlaidissait, un épi de cheveux tombait sur son front pâle.

Ils croisèrent le regard, et le père lut un défi dans les yeux de sa fille. Il hésita. Allait-il de nouveau la corriger ? Pris d'une brutale inspiration, il se retourna, monta sur la pierre de la cheminée, décrocha son fusil du râtelier sur la hotte :

— Attends, je vais aller lui apprendre à ensorceler les filles, à ton oiseau !

La mère se leva, posa sa petite et barra la porte à son mari, bras ouverts :

— François, tu ne feras pas ça ! Ou on est tous perdus !

Elle suppliait, la figure mouillée. Il fit un pas. Elle poussa un cri. Il s'arrêta, laissa retomber le bras qui portait le fusil, et déclara sans grande conviction :

— Pourquoi je ne le ferais pas ? Pourquoi ?

La mère comprit qu'elle avait gagné.

— Donne... lui dit-elle.

Elle lui enleva le fusil de la main, et monta aussitôt le rependre sur la hotte. François Brouti pointa le doigt vers Odile :

— Que ce soit bien clair entre nous, ma petite fille. Je passe aujourd'hui, mais si j'apprends que tu es retournée avec lui je fais un malheur. Et sans hésiter.

Il garda encore un instant le doigt tendu, comme s'il voulait ajouter quelque chose, et sortit.

Odile n'avait pas changé d'avis : son père pouvait penser ce qu'il voulait.

Elle fit désormais comme Armand. Elle multiplia les précautions. Après tout, il était devenu un animal traqué, il était normal qu'elle le fût elle aussi, puisqu'elle l'aimait.

La dispute avec son père les précipita l'un vers l'autre. Dès leur rencontre suivante, Odile tendit sa bouche à Armand.

Et puis ils se cachèrent davantage pour se faire

les agaceries habituelles des amoureux. Et ils se trouvèrent plantés l'un sur l'autre. Ils se sentirent coupables après, la première fois. Ils se jurèrent de ne plus recommencer. Ils avaient reçu une éducation chrétienne et savaient qu'on ne peut nouer ces sortes de liens en dehors du mariage. Mais comment pouvaient-ils faire autrement ?

Ils recommencèrent. Armand tenait son bonheur lorsqu'il refermait ses mains sur les rondeurs d'Odile. Il la caressait. Elle le prenait dans ses tenailles de fer doux. Ils devinrent insatiables. Ils auraient voulu ne jamais se délier, souffrirent de ne pas pouvoir être toujours ensemble.

Ils prirent des risques, firent leur lit dans tous les prés et les champs, changèrent leurs lieux de rendez-vous pour brouiller les pistes. Un jour, ils se couchèrent dans une barque, sur la rivière. Elle se détacha. Et ils se réveillèrent quarante mètres plus bas, sur un banc de sable. Ils n'avaient rien vu du voyage.

Ce qui devait arriver arriva. Elle lui annonça en serrant les paupières :

— Ça y est... Je crois bien que ça y est...

— Quoi ?

— Je crois bien que je suis enceinte.

Ils osèrent s'en réjouir, dans la situation où ils étaient. Ils n'ignoraient rien des menaces qui pesaient sur eux. Odile, plus encore qu'Armand, en était consciente, parce qu'elle devait chaque jour supporter les regards durs de son père et ceux suppliants de sa mère. Ils ne voulaient pas voir plus loin que leur amour. Et leur amour leur faisait don du bien le plus précieux : un enfant.

Odile dormait dans la chambre avec sa petite sœur. La maison des Brouti était sur le modèle de nombreuses maisons paysannes : elle se réduisait à deux pièces essentiellement, la cuisine et la chambre. Les parents et les grands-parents avaient leurs lits de coin en cerisier dans la cuisine, les enfants et le valet dans la chambre.

Odile ne le dit pas à Armand, mais elle souffrait à l'idée de devoir quitter ce nid, même si elle n'hésitait pas une seconde. En vingt ans on s'attache plus qu'on ne croit, on a mis dans les choses un bout de son cœur. Ce n'est rien sans doute, un pot, un cadre, le bois de l'armoire qu'on a cirée souvent. On ne les voyait plus jusque-là, et puis on s'aperçoit qu'ils vont à présent nous manquer.

Et puis il y a les êtres. Sa mère avait toujours été en sucre pour Odile, bien trop sucre. Cette femme n'avait pas de défense, et tout le monde en profitait. Toujours disposée à se mettre en quatre pour son mari, ses enfants, ses beaux-parents, elle ne songeait jamais à faire quelque chose pour elle-même. Elle était bonne. Elle était venue dans cette famille dure, et y avait ainsi fait son trou de sacrifices. Elle paraissait trouver ça normal, pleurait plus souvent qu'elle ne riait.

Odile lui avait pris son corps, avec les mêmes rondeurs. Sa mère était seulement plus épaisse, élargie par les maternités successives. Question caractère, Odile lui ressemblait aussi pour la douceur, l'entêtement lui venait d'ailleurs.

La fille aurait aimé inverser les rôles, prendre sa mère sur ses genoux, et la bercer en lui racontant son histoire. Elle aurait été contente de lui dire comme elle aimait Armand. Elle savait sa mère prête à l'entendre, lui aurait confié ce qui lui arrivait. Elle l'aurait persuadée de ne pas s'inquiéter, tout irait bien, ça finirait par s'arranger. Mais cette sorte de confidence était impossible.

Elle essaya de ne rien perdre d'elle pendant le souper, l'embrassa avant d'aller se coucher. Sa mère se recula et, regardant sa fille :

— Qu'est-ce que tu as donc aujourd'hui à être aussi bisouse ?

Odile détourna la tête en souriant :

— Rien, c'est mon soir de générosité !

Elle fut généreuse pour les autres aussi, son père mis à part. Elle fut particulièrement affectueuse avec sa petite sœur, étendue près d'elle dans son lit, un pied enroulé autour de sa taille, une main en caresse contre sa joue.

Elle écoutait la nuit se balancer dans le boîtier à pendule. Elle écoutait les souffles des dormeurs se répondre. Elle faisait parler sa peau avec celle de sa sœur. Sans larmes. Elle n'était pas de celles qui pleurent.

Petite fille, déjà, elle était comme ça. On l'entendait rarement pousser un sanglot. Il fallait qu'elle fût victime d'une injustice. Ses larmes étaient alors l'expression de sa révolte.

Une heure sonna. Une main se referma dans sa poitrine.

Elle les écouta tous une dernière fois. Les murs craquèrent, ainsi qu'à l'habitude. Elle écarta la jambe et la main de la petite.

Et elle s'arracha.

Elle n'avait pas fermé la fenêtre de la chambre, bloquant seulement le battant contre la crémone, les contrevents non plus. L'un d'eux gémit sourdement sur ses gonds.

La lune fit un bond dans la chambre.

Elle écouta une seconde. La petite se retournait dans leur lit. Elle enjamba l'appui. Il n'était pas à plus d'un mètre.

Son cœur battait. Elle était en chemise, les pieds nus, ses vêtements et ses chaussures sur le bras. Elle frissonna, le corps couvert de chair de poule.

Seul Loulou vit de son tonneau son ombre traverser la cour de la Broue. Elle lui fit signe : allez ! couché !

Elle avait laissé un billet plié en quatre sur la table ronde de la chambre :

Je suis partie, parce que ce que je voulais ici n'était pas possible. Ne me cherchez pas. Quand vous trouverez ce billet, je serai loin.

Elle avait eu au bout de son crayon un *je vous aime bien quand même*, en pensant aux yeux de sa mère ; puis un *ne vous inquiétez pas, je me débrouillerai* ; puis un *votre Odile* ; elle avait tout simplement signé *Odile*.

Elle était partie très loin, en effet : elle avait rejoint Armand à la Malvoisine.

12

La sage-femme

Ils avaient intérêt à bien se cacher, parce que le premier endroit où Brouti envoya les gendarmes, c'est à la Malvoisine, et au grand galop. À dix heures, ils frappaient à la porte pour visiter les lieux.

Tout avait été prévu. Le grand-père promena les porteurs de képi dans la maison, la grange et les écuries, et les finit à la cave. Il leur offrit deux verres, un de blanc, un de rouge. C'est tout ce qu'ils trouvèrent à gratter, et encore, avant de les vider, ils demandèrent d'être pardonnés :

— Excusez-nous, fit le brigadier en essuyant le cuir de son képi avec son mouchoir, mais les ordres sont les ordres...

Le pépé leva la main d'un air bonasse :

— Je comprends. Vous faites votre travail. Il n'y a pas de mal à ça.

S'ils avaient eu moins le souci de leurs guêtres cirées et des boutons dorés de leurs uniformes, ils auraient empoigné l'échelle de la grange et l'auraient appuyée au grenier de l'écurie bordé de foin. Odile était dissimulée derrière. Brouti avait eu le nez creux. Il leur avait assuré que sa fille ne pouvait être que dans les parages. Seulement il n'était pas autorisé à perquisitionner. S'il avait été à leur place, il aurait mis la Malvoisine à l'envers, et aurait trouvé Odile dans son trou de foin. Il ne pouvait pas se permettre de venir y rôder après les histoires avec Armand. Il se contenta de grogner :

— Si tu ne veux rien trouver, tu peux être tranquille, tu peux faire appel aux cognes !

Il envoya Valentin Brocheteau et Louis Jaunet espionner.

Les deux paysans se ramenèrent, plus empruntés que la maréchaussée. Armand les reçut et leur fit remarquer :

— Qu'est-ce qui vous amène ? Vous avez l'air tout chose...

— Nous ? Non... On a cassé notre barre de charrue...

— Et vous voulez emprunter la mienne ? Fallait le dire. Entre voisins, on est là pour se rendre service, pas vrai ?

Il s'amusa à ouvrir toutes les portes devant eux pour leur montrer qu'Odile n'y était pas.

— Papa !...

Il entra dans la chambre.

— ... Valentin et Louis sont venus, je leur prête notre barre.

Il les conduisit dans la grange.

— Allons bon, où ai-je donc pu la fourrer cette barre ?

Pour finir il se souvint que la barre était restée sur la charrue dans la loge.

Les deux hommes n'avaient pas gardé leurs yeux dans leur poche. Ils avaient tout épié pour

essayer de découvrir quelque chose d'anormal.
Ils rentrèrent à la Broue, perplexes :

— Mon vieux François, dirent-ils, à notre avis
ta fille n'est pas là-bas, ou alors elle est drôlement
bien cachée. On a fait le tour de la maison. On a
presque tout visité, on n'a rien vu. Tu ferais peut-
être mieux de te fier à ce qu'elle t'a écrit. Il faut
sans doute la chercher plus loin.

Odile resta sur l'écurie jusqu'aux premiers
froids. Les bêtes la chauffaient par en dessous.
Mais il n'y avait plus que trois vaches et la paire
de petits bœufs, et, lorsque le vent souffla, il s'in-
filtra entre les tuiles.

Elle déménagea dans la chambre plus confor-
table pour son ventre qui grossissait. On écarta
suffisamment le lit du mur pour la cacher en cas
d'alerte. Et elle commença le décompte des
jours, impatiente que son fruit soit mûr.

Armand avait repris à vivre. Odile lui avait
enlevé sa peur. Du moins il n'avait plus peur
pour lui. Églantine était en terre depuis un an,
et rien ne s'était passé. L'enfant à naître qu'il
cachait dans sa maison était peut-être la revanche
du destin, la vie reprenant le pas sur la mort.

En tout cas il voulait y croire, et il se plantait
en elle avec toute la force de son amour, malgré
sa grossesse. Il craignait de lui faire mal.

— Quand ça me gênera, je te le ferai savoir,
disait-elle câline.

Il avait referré les bœufs chez le maréchal,
semé son blé serré en ne ménageant pas la
semence.

Les vipères étaient rentrées en terre pour passer l'hiver. Il se disait qu'au printemps il repren-

drait sa casserole pour les ramener dans leur
bois. Il n'avait plus besoin d'elles. Il chargeait la
crèche des vaches à profusion de choux et de
betteraves :

— Faudra qu'Odile ait du lait pour nourrir le
petit !

Il la forçait à en boire de pleins bols, s'imagi-
nant que par quelque mystérieuse alchimie ce
lait allait lui monter dans les seins.

— Ce sera un gars, on l'appellera Eugène, du
nom de ce pauvre Eugène.

— Et si c'est une fille ?

— Ce sera un gars.

Un soir, peu avant la naissance, Teckel, venu
passer la soirée en compagnie du grand-père,
interpella Armand qui le saluait en riant :

— Eh bien, mon gars, ça me fait plaisir de te
voir rire. Tu as changé en bien, heureusement. Il
n'y a pas si longtemps, tu m'inquiétais.

— Moi aussi, je m'inquiétais.

Le vieux cligna des yeux, flairant quelque
chose dans la belle assurance d'Armand.

— Aurais-tu un secret pour te remonter
comme ça ? Si tu peux me le confier, dis-le-moi,
j'en aurais bien besoin, moi aussi.

Armand mit le doigt sur sa bouche :

— Peut-être bien que j'ai un secret.

Le vieux fronça les sourcils et troussa ses moustaches, feignant de se mettre en chasse.

— Vous ne trouverez pas comme ça, mais si
vous le voulez, je peux vous y conduire.

Armand ouvrit la porte de la chambre. Odile
courait se cacher derrière le lit.

— Non, Odile, ne te cache pas. Viens plutôt te faire voir au père, on peut avoir confiance.

Odile parut dans l'embrasure. Elle était ronde comme un soleil, épanouie, pleine, en majesté.

Armand était fier de lui sortir sa femme comme ça. Il alla se poser à côté d'elle, et l'entoura de son bras, la main posée sur le fruit de leurs amours.

Le vieux siffla entre ses gencives :

— Vous m'en apprenez des nouvelles ! On peut dire que vous n'avez pas perdu de temps. Mais vous avez raison : il n'y avait que ça à faire.

Ils s'assirent autour de la table, et firent marcher leurs langues jusqu'à ce qu'elles aient gratté tout ce qui les démangeait.

Odile demanda des nouvelles de sa mère. La pauvre femme ne se consolait pas. Ses yeux pleuraient comme une fontaine. Teckel avait vu la petite sœur d'Odile en partant à Malvoisine, elle jouait à la balle au mur dans la cour de la Broue. François Brouti était le plus inquiétant. Il filait un mauvais coton, ne parlait plus que pour jurer. Il était une chaudière sous pression, sans un moment de paix. Si ça continuait, ça risquait de faire de gros dégâts.

Armand ne voulut pas partager les craintes du vieux :

— Le temps arrangera les choses, vous verrez. Quand on lui ramènera le petit, il sera comme les autres.

Teckel haussa ses sourcils blancs :

— Tant mieux, mon gars, tant mieux ! Mais restez bien cachés pour le moment. Quand il sera temps, je vous ferai signe. Ne bougez pas avant. Parce qu'il n'est pas tout seul. Il y a tous ceux qui ont vu la male bête tourner autour de la Malvoisine, et de ça on guérit moins vite qu'on ne l'attrape.

Le grand-père était de son avis.

Ils furent trahis par la sage-femme. Non pas qu'elle eût parlé. La pauvre femme était grincheuse comme un portail mal huilé, elle accomplissait son métier sans un écart, muette comme une tombe sur ce qu'elle voyait ou entendait dans les maisons.

On n'avait jamais raconté sur son compte qu'elle eût un jour refusé d'ouvrir sa mallette pour aider une femme en couches, même au retour d'une passe difficile où elle avait veillé toute la nuit. Elle cherchait querelle au bonhomme qui la réclamait, lui reprochant souvent d'avoir son esprit ailleurs que dans sa cervelle, posait une casserole sur le feu, vidait une couple de tasses de café et repartait, quelquefois pour quatre ou cinq kilomètres en voiture à cheval, quand ce n'était pas à pied, si les gens étaient trop misérables. On se demandait où elle allait puiser son énergie dans ces moments-là.

— Ne vous en faites pas pour moi, disait-elle. Je suis une femme. Il y a plus dans une femme qu'on ne croit. Regardez les hommes : ils appellent les femmes à la plus petite égratignure. S'ils étaient obligés de passer par où j'en ai vu certaines !... Moi, si j'en avais eu un, je te l'aurais mené à la baguette !

Elle n'en avait pas voulu.

lls furent trahis lorsque Armand vint la chercher.

Il y avait toujours quelque bonne femme du bourg à guetter ce qui sonnait chez la sage-femme, pour être la première à rapporter la nouvelle. Alors, pensez, la sage-femme dans la carriole de la Malvoisine !

Armand avait commis une erreur. Odile aurait pu accoucher avec l'assistance de la femme de Paulo Parpaillou. Elle était bâtie pour contenir l'embranchure d'un pommier et ses pommes. Il aurait dû se douter que la voisine ferait l'affaire. Mais c'était un premier. D'ailleurs il n'y avait pas pensé.

La nouvelle prit les grandes avenues, et se propagea dans la commune :

— Vous ne savez pas ?

— Non...

Une sage-femme chez deux hommes... Il y a quelque chose par en dessous. Et cette petite Brouti... vous savez, celle que les gendarmes ont cherchée, il y a six mois... Paraîtrait qu'avec l'Armand de Malvoisine, celui qui boite, le bossu...

Les seuls qui auraient mérité d'être informés, le curé, les gendarmes, ne le furent pas. Devant Armand, on se taisait. On était même soudain aimable avec lui. Ce qui aurait dû lui mettre la puce à l'oreille. Il s'en moquait. Il nageait dans d'autres eaux : son bonheur avait pris la forme d'un garçon.

Quand la sage-femme l'avait soulevé dans ses bras, elle avait dit :

— Celui-là, s'il brasse autant de confiture que ses parents ont mangé de vache enragée, il ne l'aura pas volé !

141

Armand avait regardé le grand-père. Le grand-père avait les larmes aux yeux.

La nouvelle tourna plusieurs jours autour de la Broue avant d'y entrer. On se méfiait de ce qui pourrait sortir de cette mauvaise graine. Mais on mourait d'envie d'être aux premières loges pour la voir germer.

Elle entra par la bande : la femme de Valentin qui portait son beurre chez le charcutier du bourg. Valentin en parla aux Jaunet.

Ils ne pouvaient pas y croire, voulaient confirmation. Ils étaient effrayés de ce fardeau sur leurs épaules.

— Qu'est-ce qu'on fait ?

Ah ! s'ils étaient allés trouver les Parpaillou ! Mais ils savaient que les Parpaillou étaient du côté de la Malvoisine. Ils hésitaient. Ils prirent un verre, puis un second, les femmes aussi.

L'un d'eux finit par décharger ce qui brûlait les lèvres de tous :

— Faut lui dire.

— Tu crois ?

À dix heures du soir, ils allèrent frapper à la porte des Brouti qui étaient couchés.

— Qui c'est ?

— Nous autres... Brocheteau, Jaunet.

— Qu'est-ce qu'il y a donc ?

— Ouvre. On a quelque chose à te dire.

François ouvrit, en chemise.

— Voilà, on croit avoir retrouvé ta drôlesse.

Ils lui racontèrent ce qu'ils savaient.

Le François prit juste le temps d'enfiler ses sabots. Il chargea son fusil.

— La saloperie ! Je lui avais promis. Et un gosse par-dessus le marché !

Il s'élança bride abattue sur le chemin de la Malvoisine, sa chemise dans le vent. Les autres couraient après, effrayés par ce qu'ils craignaient de voir arriver. Ils ne pouvaient pas le suivre. Ils criaient, le souffle coupé :

— T'es fou ! Arrête, François !

— Vous occupez pas, c'est pas vos affaires !

Il n'eut qu'à tourner la poignée de la porte qu'on n'avait pas barrée depuis des générations. Il fit irruption dans la cuisine, le canon devant lui :

— Où sont-ils ?

Il fallait que ses yeux s'habituent au noir du dedans. Le pépé s'était assis dans son lit :

— Qu'est-ce que tu cherches, mon gars, avec des manières pareilles ?

— N'essayez pas de m'embobiner, je n'écoute pas vos boniments !

Il traversa le couloir et bondit dans la chambre. Armand aidait Odile à sauter la fenêtre. Elle n'avait pas encore retrouvé son agilité, à huit jours de l'accouchement. Elle avait à peine commencé à se lever.

Elle se tourna vers son père :

— Papa !

Le premier coup fut pour elle. Il l'envoya rouler dans la poussière de la cour.

Le deuxième pour Armand, qui prit les plombs dans le dos, protégeant le petit qu'il serrait dans ses bras. En tombant, son corps pivota. Il redressa la tête pour dire quelque chose, entrouvrit la bouche et ne dit rien.

Brouti hurla. Et il lança son fusil à la volée vers la grande glace de la cheminée qui lui renvoyait son image d'oiseau de proie.

Il se jeta sur la porte, et se perdit dans la nuit pleine de clignotements d'étoiles.

Valentin Brocheteau et Louis Jaunet étaient changés en statues.

Les Parpaillou arrivaient, Paulo en tête, qui avait pris de l'avance. Les femmes des autres les avaient prévenus, trop tard.

Odile s'était vidée tout de suite avant même de toucher terre. Armand semblait vivant. Un peu de rouge tachait seulement le bord de sa lèvre.

Le bébé dormait, aux anges, dans les bras de son père. Il s'éveilla seulement lorsqu'on l'en retira, et pleura.

Le pépé ne dit pas un mot. Le vieux Teckel :

— Je leur avais dit de faire attention. Ils étaient heureux comme des gosses, pauvres drôles !

13

Le grand-père

Les deux morts furent allongés sur leur lit, alors le grand-père éleva une voix sans épaisseur, tranchante comme le fil du rasoir.

— C'est bon, maintenant laissez-moi avec eux.

On ne comprenait pas, on s'interrogea du regard.

— Oui, tout seul. Allez-vous-en, je ne veux voir personne !

Il les chassait du doigt. Les femmes enveloppèrent le bébé et l'emportèrent. La Malvoisine se vida. Teckel voulut tout de même rester auprès de son vieux compagnon. Le pépé lui montra la porte :

— Toi aussi.

— Mais...

Teckel était inquiet de l'air déterminé du grand-père. Mais il recula lentement, à regret.

Le pépé se retrouva en compagnie de ses deux enfants.

Il leur mit la main dans la main comme il les avait surpris parfois.

Il s'assit devant leur lit, plus raide que jamais, sortit son chapelet de sa poche et en fit trois fois le tour, finit par un baiser sur la croix, qu'il lia autour des mains réunies d'Odile et d'Armand.

Il tisonna le feu qui se mourait, y jeta un fagot de bois, et resta un moment sur la salière à réchauffer ses jambes froides.

Il recueillit avec la pelle à cendre une pelletée à ras bord de braises clignotantes qu'il apporta auprès du lit où ses enfants dormaient. Il l'en arrosa consciencieusement, et retourna prendre sa place sur la salière.

Il n'attendit pas longtemps. Une torsade de fumée noire montait du lit, tandis que les tisons s'enfonçaient dans les linges. Une première flammèche s'éleva lorsqu'ils atteignirent la paillasse, puis une seconde, une troisième.

Le lit s'était transformé en torche. Le pépé ne bougeait pas. Il regardait le feu ramper dans sa maison, la tête appuyée au dossier.

Déjà les poils de ses yeux, ses mains, ses jambes se vrillaient, roussissaient. Les flammes dévoraient joyeusement les poutres et les lattes du grenier. Elles tiraient leurs langues jaunes vers ses savates et ses pantalons.

Il s'effondra avec sa salière lorsqu'elle partit en cendre.

Tout y passa : maison, boulangerie, cave, Coquette dans son écurie, la truie sous son toit.

Ceux de la Broue ne furent alertés par les lueurs au-dessus des arbres qu'une fois l'incendie totalement déclaré. Les esprits étaient maintenant inquiets de François Brouti en fuite dans la campagne. Le vieux Teckel avait guetté derrière la fenêtre de Malvoisine et avait vu le grand-père en prière. Il était redescendu chez lui.

Ils accoururent une seconde fois vers la Malvoisine. Quand ils arrivèrent, il était trop tard. Le feu avait gagné le pailler, la loge, la grange. Tout n'était que brasier. Les bœufs et les vaches beuglaient encore des appels au secours, mais personne ne pouvait approcher pour les délivrer.

Les bêtes se turent. On n'entendit plus que les mâchoires du feu qui se réjouissait de tout ce qui lui tombait sous la dent. Il pétillait, râlait, sautillait, s'envolait. Ça craquait avec des bruits sinistres. Le diable avait allumé le feu de l'enfer à la Malvoisine.

Ils attendirent jusqu'au bout, bien après l'effondrement des charpentes dans un cratère d'étincelles, jusqu'à la dernière flamme, la dernière fumée, jusqu'au grand jour. Ils marchèrent au milieu des décombres, silencieux, fermés, les visages noirs de suie.

Puis ils partirent un par un. Il ne restait plus rien de la Malvoisine, qu'un désert de pierres calcinées.

Seules les vipères y avaient échappé. Elles ne tarderaient pas à sortir de terre.

Il y avait un an et trois cent deux jours qu'Eugène avait tiré sa charrette à bras de dessous la loge pour aller faire la chine à la Pommeraie.

14

Eugène

— Et vous ?

J'avais eu tout le temps d'observer cet homme pendant qu'il me racontait. Il avait la cinquantaine. Sa nuque n'avait pas quitté le dossier de son fauteuil. Ses yeux verts, aux moments d'émotion, se constellaient d'étoiles qui scintillaient dans l'ombre, sous le figuier où nous étions installés. C'était un homme solide, taillé dans du bois dur. Ça se voyait aux os de ses poignets, à l'envergure de ses mains, et à sa haute taille. Malgré tout, il respirait la douceur et la finesse. Sa voix au timbre de velours en était peut-être la cause.

— Et vous ?

— Moi ?

Son regard glissa au-dessus de ma tête. Sa langue mouilla ses lèvres :

— Oh ! moi... j'ai été élevé dans cette maison...

Il désigna le mur derrière lui.

— Après quelques jours chez les Parpaillou, la mère Betchu m'a pris. Non pas que les Parpaillou ne m'aient pas voulu, la mère Betchu a voulu m'avoir. Elle souhaitait faire quelque chose pour ce bon gars d'Armand et sa mignonne Odile.

En toute logique, j'aurais dû échouer chez les Brouti. Mais la maison était toute retournée depuis que mon grand-père était en prison. Ma grand-mère n'avait plus que ses yeux pour pleurer.

On s'inquiéta encore lorsque François Brouti se pendit dans sa cellule. La série noire était-elle en train de recommencer ? La mère Betchu m'examina sans doute à l'époque avec un œil soucieux, se demandant ce que signifiaient mes cris de bébé. Il est probable que j'aie avalé à mon tour des biberons d'eau bénite.

Heureusement les drames s'arrêtèrent là. Avec le temps, on oublia.

La mère Betchu était bonne comme le bon pain. La dent dure, elle ne mâchait pas ses mots, mais, la minute suivante, elle me prenait dans son sarrau et me haussait vers sa poitrine et ses vieilles joues.

— Mon p'tit Gégène — elle m'a toujours appelé comme ça —, tu me fais enrager !

Je suivais ses chemins de rides avec mon doigt :

— Mémé Chu !

Je grandissais sous son toit, mais toute la Broue était ma famille. Tous essayaient de remplacer mon père et ma mère. Grand-mère Brouti, dont j'étais le premier petit-fils, était jalouse désormais de me savoir chez la mère Betchu. Elle guettait les moments où on pourrait se trouver seuls, me gâtait de sucreries.

— Tu ne dois pas t'amuser tous les jours avec cette vieille ?

Je haussais les épaules en suçant mon bonbon.

— Est-ce qu'elle te donne bien à manger ? Tu n'as pas froid dans sa maison ?

Je faisais non avec la tête. Elle gémissait en me tirant sur ses genoux :

— Tu ne peux pas savoir comme tu ressembles à ta mère. Elle était jolie, tu sais ?

— Et papa ?

Elle soupirait.

— Ils s'aimaient beaucoup tous les deux. Est-ce que tu m'aimes, toi ?

— Oui, je t'aime, et j'aime mémé Chu aussi.

Elle gémissait encore :

— Tu lui ressembles bien, là aussi !

Un jour je laissai entendre à mémé Chu que grand-mère Brouti souhaitait me reprendre. Mémé Chu monta sur ses grands chevaux et fonça chez sa rivale :

— C'est-y que vous voulez me l'enlever à présent, après l'avoir abandonné ?

Elles échangèrent quelques paroles malheureuses. Tout rentra vite dans l'ordre, étant donné que j'appréciais autant les bises de l'une que de l'autre.

J'étais chez moi, chez les Brocheteau, les Jaunet. On me grondait lorsque j'avais oublié de souhaiter le bonjour ou la bonne nuit parce que, tous les matins et tous les soirs, il fallait que je fasse la ronde des maisons.

J'étais chez moi chez les Parpaillou. J'appelais Teckel mon pépé. Il se gonflait, et me donnait ses moustaches à lutiner. Je le voyais souvent à la maison, et ne me lassais pas de l'écouter :

— Vas-y, pépé, raconte.

Il clignait de l'œil vers mémé Chu.

— Qu'est-ce que tu veux ? Je ne connais rien...

Je me cramponnais à ses oreilles :

— Si, raconte !

Et les lapins sortaient sous ses moustaches.

Mais je le soupçonne aussi d'avoir eu avec la mémé d'autres relations plus intimes. Ils étaient veufs tous les deux. Il y avait entre eux une très proche complicité. Le vieux Teckel la contemplait penchée sur le feu de sa cheminée, elle lui jetait un regard par-dessus son épaule. Elle lui souriait pendant qu'il me racontait. Il lui apportait son bois pour le feu.

Ce que je ne savais pas alors, c'est que toute la Broue s'était réunie pour travailler les terres de la Malvoisine, de manière que je n'y trouve ni ajonc ni ravenelle à ma majorité. Chaque année, ils mettaient de côté les petits bénéfices qu'ils en tiraient. La somme n'était pas grosse. La terre ne rapportait pas une fortune lorsqu'on avait payé les frais.

Ils me montrèrent le livret de caisse d'épargne, la veille de mon départ au régiment, et me l'offrirent. Je le refusai et leur proposai de le garder jusqu'au jour de mes noces. On s'en servirait pour payer la fête.

C'en fut une, une vraie !

Enfin mémé Chu, en mourant, m'a laissé la maison. On l'a prolongée, et on s'y est installés. La plupart des champs se trouvent un peu plus haut, mais ce n'est pas une affaire.

Maintenant, si vous voulez en connaître davantage, vous pouvez toujours aller voir Paulo. Il a soixante-dix-sept ans cette année, et il se souvient de tout mieux qu'il y a quarante ou cinquante ans. Il vous dira peut-être des choses qu'il ne veut pas me dire.

Sa femme parut sur le seuil, et appela :

— Eugène, le café est chaud ! Si tu veux faire entrer monsieur.

On avança. Les trois enfants se levèrent de table. Eugène me les présenta :

— Armand, qui prendra sans doute la suite. C'est déjà un gaillard, pas vrai ? Il a dix-sept ans. Véronique, qui est en classe de quatrième. Et Maurice, le dernier.

Il appuya sa main sur la tête du benjamin :

— Il va être bientôt un homme, lui aussi.

On s'installa autour de la grande table, où les tasses étaient alignées.

— Il manque la grande, Odile, qui est à l'école à La Roche. Elle veut devenir infirmière.

Il les regarda avec du rire dans les yeux et, s'adressant à sa femme qui servait le café :

— Il n'y a pas à dire, mais nous avons de la chance !

Il était fier d'eux, ça se voyait. Ces beaux enfants étaient la revanche de tous ceux de la Malvoisine. Il empoigna la bouteille de blanche, bouchée par un coq verseur de faïence, tendit le bec vers ma tasse.

— N'ayez crainte, celui-là n'a jamais été baptisé d'eau bénite !

Et en sucrant :

— Alors, vous voulez toujours les acheter, ces ruines ?

Je haussai les épaules :

— Ça dépendra de vous.

— Je vous le dis tout net. Nous en avons parlé

toute la soirée, ma femme et moi : je ne vous les vendrai pas... je vous les donne. Il s'en est trop passé, là-bas, pour que j'aie envie d'y retourner. Je ne veux pas y voir mes enfants. Si vous les prenez, ce sera un bon moyen de leur en ôter le goût. Les voulez-vous ?

J'étais estomaqué. Je ne m'attendais pas à une telle proposition.

— Vous n'allez pas me les donner... Vous ne vous rendez pas compte, la surface, le site...

— Ça m'est égal. C'est à prendre ou à laisser.

J'étais tenté de dire oui, tout de suite. La Malvoisine correspondait exactement à ce que j'avais rêvé. Quelque chose me retenait pourtant. Allons donc, ce n'était pas cette male bête ?

Je demandai une journée de réflexion.

Maintenant qu'on me mettait la Malvoisine dans les mains, j'avais peur, moi aussi.

Je passai au cimetière de la Poirière. Le vieux fossoyeur creusait un trou. Quand je lui demandai leur tombe, il se renfrogna. Il gratta ses brodequins sur le tranchant de sa pelle et me répondit entre les dents. De toute évidence, il n'appréciait pas qu'un étranger vienne remuer ces vieux souvenirs.

Je m'attendais à une vieille tombe aux croix mangées par le temps. On aurait dit des morts d'hier. La bordure de granit bleu n'était tachée d'aucune mousse. Les croix brillaient de laque noire. Des glaïeuls frais emplisssaient un vase, comme sur une table de salon. Ces morts avaient de la chance. Ils ne vieillissaient pas.

Les plaques étaient parfaitement lisibles. Je relevai les dates : mai 1927 ; juillet 1927 ; octobre

1927 ; décembre 1927 ; mars 1928 ; mars 1929 ;
1929 ; 1929.

Ainsi donc, ils s'étaient serrés pour tenir tous
ensemble. On n'avait pas séparé Odile de son
Armand. Qui l'aurait voulu aurait eu grand-peine
à les distinguer l'un de l'autre.

Quand je les quittai, ma décision était prise.

L'Épinay,
juin 1978-janvier 1997.

TABLE

«L'ÉCOLE DE BRIVE» CHEZ POCKET :

Groupe d'écrivains baptisé ainsi
au début des années 80 par J. Duquesne,
ces auteurs, ces metteurs en scène de notre histoire, réveillent notre mémoire et parlent à
notre cœur.

GILBERT BORDES

Ces livres sont tour à tour
une reconstitution pleine de saveurs de nos campagnes
et des portraits vivants
d'une époque et d'une société en voie de disparition.

L'angélus de minuit – N° 3045
L'année des coquelicots – N° 10036
Ce soir, il fera jour – N° 10075
Les chasseurs de papillons – N° 3239
Le chat derrière la vitre – N° 10004
La nuit des hulottes – N° 4668 (prix RTL-Grand Public)
Le porteur de destins – N° 4696 (prix des Maisons de la
   Presse)
Le roi en son moulin – N° 3949
Un cheval sous la lune – N° 10035

MICHEL JEURY

Il se dit écrivain de métier et paysan de cœur ;
c'est aussi l'un des auteurs les plus sensibles de l'Ecole de Brive.

L'année du certif – N° 10053
Les grandes filles – N° 10182
La source au trésor – N° 4639
Le printemps viendra du ciel (octobre 99)

CLAUDE MICHELET

Non content d'être un remarquable historien,
c'est aussi un formidable conteur.
À propos de son travail il nous dit :
« Il s'agit pour moi d'un désir simple,
parler aux Français d'eux-mêmes, de leurs peines, de leurs joies,
d'un héritage commun. »

COLETTE LAUSSAC

Elle est corrézienne, curieuse et voyageuse.
Situé au XIIIᵉ siècle,
« Le dernier bûcher » est le récit intense et émouvant
d'un berger cathare qui, lors de sa dernière nuit,
du fond de son cachot,
raconte sa vie d'une voix sans haine.

DENIS TILLINAC

Romancier et journaliste,
Denis Tillinac est aussi l'un des fondateurs de l'École de Brive.
Son dernier titre paru chez Pocket,
« Dernier verre au Danton » est un livre drôle et décapant
qui part à l'assaut du Paris des arts et des lettres
et fait l'apologie de la province et d'un certain art de vivre.

MARTINE-MARIE MULLER

Un auteur singulier à l'écriture âpre, forte et colorée.
Ses romans nous offrent des personnages d'une force rare
et prêts à vivre jusqu'au bout leur passion pour leur terre.

Les amants du pont d'Espagne – N° 10052
Froidure le berger – N° 10363
Terre-Mégère – N° 4328

MICHEL PEYRAMAURE

Cofondateur de l'École de Brive.
« L'orange de Noël » et « Les demoiselles des écoles »
sont désormais des classiques.

Les demoiselles des écoles – N° 10050
L'orange de Noël – N° 10049
Les flammes du paradis – N° 2890

CHRISTIAN SIGNOL

Avec « les cailloux bleus », il connaît d'emblée un succès
qui ne cesse de croître de roman en roman.
Sa trilogie de « la Rivière Espérance »
(une des plus grandes fictions télévisuelles jamais réalisée)
a encore élargi son public.

Adeline en Périgord – N° 2905
Les amandiers fleurissaient rouge – N° 3171
Antonin, paysan des Causses – N° 2807
Les chemins d'étoiles – N° 3119
L'enfant des terres blondes – N° 4365
Marie des Brebis – N° 3540
LA RIVIÈRE ESPÉRANCE
1. *La rivière Espérance* – N° 3909
2. *Le royaume du fleuve* – N° 4603
3. *L'âme de la vallée* – N° 3240
LE PAYS BLEU
1. *Les cailloux bleus* – N° 2654
2. *Les menthes sauvages* – N° 2772

JEAN-GUY SOUMY

Ses personnages sont faits de chair et de sang ;
pour exemple, cette merveilleuse reconstitution
du second Empire dans le Paris bouleversé
par les travaux haussmaniens
et le Limousin : « Les fruits de la ville ».

YVES VIOLLIER

Ce « Vendéen de l'Ecole de Brive » est le fondateur
du prix Terre de France/La Vie,
proclamé à la Foire du livre de Brive.

*Achevé d'imprimer en mars 1999
sur les presses de l'Imprimerie Bussière
à Saint-Amand (Cher)*

POCKET - 12, avenue d'Italie - 75627 Paris Cedex 13
Tél. : 01-44-16-05-00

— N° d'imp. 603. —
Dépôt légal : avril 1999.